梦域空间的世界
Magic Dreamland

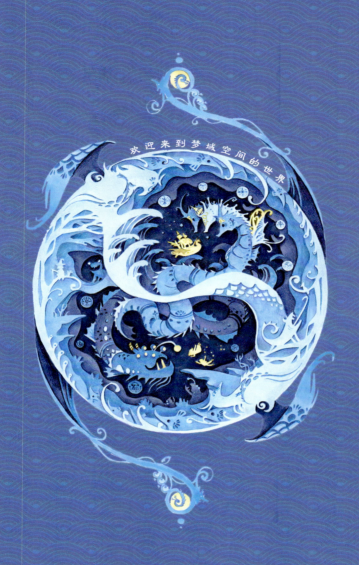

欢迎来到梦域空间的世界

梦域空间

与龙巢基地的狩梦试炼

琴月◎著

索飞澜◎绘

云南出版集团　晨光出版社

果麦文化 出品

预备狩梦人，

梦域空间充满了挑战！
无论如何，纪律第一！

拓展

带上这个梦链
追踪器。

无论去到梦域的何处，
都别忘了回龙巢基地的路。

创造

群星是夜空中的帆船，

在梦的摇篮里，

踏破虚空，展翼飞翔。

# 梦域空间
## 冒险开启!

梦境

还不错!

米兰市
虚构日报

## 新狩梦人值得期待!
### 近百名实验体参加选拔

龙巢基地最新动态引发关注……

海鸥之陨后时隔多年，永眠墓地重启跃迁任务。

博古医生将考核终点设置在月灵顶，近20名试炼者通过考验顺利抵达。创世级计算机——伏羲、女娲和盘古重启星海月蚀台，判定试炼结果。

狩梦人试炼进行中!

### 试炼·实验体

No.1 林悦芯

No.2 麻赛

No.3 藤星衣

No.4 春河源

No.5 飞茧

No.6 藏斑

### (戏猴者)
## 易天爵

### 团队"力量担当"

因为体形壮硕、长相硬朗而被称为"明德霸王龙"，其实内心善良，充满正义感，在一次次的事件中和柳嘉等人渐渐成为朋友。

● ● ● ●

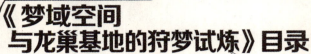
# 《梦域空间与龙巢基地的狩梦试炼》目录

## 狩梦人黄金试炼课堂

## 阅前须知!

本书中的故事情节与各类道具,均为作家在梦域空间中的所见所闻,所有剧情、场景与现实世界完全无关。

请勿将故事情节代入现实生活,更勿模仿其中的危险动作!如果你喜欢本书,请不要吝啬将它分享给你的伙伴们。

最后,希望你能从书中获得奇妙的阅读体验!

为你，
　　我可以永远渺小。

　　只要能
　　　　胸怀实现梦想的勇气。

人生好辛苦，
是不是长大了就会好起来？
"人生，一直如此。"

尽管如此，
当你觉得孤独无助时，
想一想吧，
还有几十亿个细胞，
在你身体里，为你一个人而活着。

——龙巢基地第十一区院长 戚梦来

第一幕

# 幻象病毒灾难

一场惨烈的大战，刚刚过去不久。

船舱里空气沉闷，暗淡的光线透过破碎的玻璃窗，洒下灰白色的冷调。

这里躺满了伤情惨重的狩梦人。

他们看起来都很年轻，身上和头上缠着绷带，有些人望着手中的照片流泪，有些人在信纸上飞快地写着什么，船舱里不时响起痛苦的呜咽和心绪凝重的叹息声……沉重的空气令人感到窒息。

柳嘉惊讶地四处张望，发现一身戎装的父亲柳真夜，正在伤员们的病床前一一探访。一群小鱼好奇地凑在他身旁游荡。

柳真夜身着一套银灰色的狩梦盔甲。肩膀上代表防御指数的金属搭扣已经处于战损状态，残缺不齐。他脸上伤痕累累，神情疲惫极了。一个光头尉官神情严肃地跟在他的身后。

当柳真夜侧过脸颊，一只黑色眼罩映入柳嘉的视线。

我这是在星夜海鸥号船上吗？父亲的右眼是怎么回事？柳嘉一边好奇地猜想着，一边走到柳真夜身边。

柳真夜和刚才一样，完全没有察觉到柳嘉的存在。他心情沉重地走到舷窗的旁边，缓缓地扫视着情绪低落的年轻狩梦人们。

"船长，这是我们最后的战力了……接下来的战斗，就靠我们几个，能行吗？"光头尉官低声说。

柳真夜叹了口气，转过身，目光悠远地看向窗外。

"勋伯，与黑凰残魔的这场战争，困难度早已超越了我们最初的构想……"他自责地垂下了目光，"如今看来，想要结束战斗，还需要坚守更为漫长的时间……"

"船长，不必自责，你已经尽力了。"光头尉官勋伯轻声说。

柳真夜沉默不语，转身朝舱内的一扇门走去，脚步仿佛重逾千斤。


柳嘉紧跟在父亲的身后，他看到舱门后是一个窄小的房间，一位伤势极其严重的狩梦人，正躺在房间中央的病床上，陷入了昏睡。他左边的手臂安装上了机械义肢，身上缠着厚厚的绷带，挂在床头的蓝色制服外套，已经破烂不堪。

一个意志消沉的女人正坐在床边的木凳上，仰头豪饮一瓶

寒莲果饮。

"少喝点儿，你的伤势……"柳真夜走上前，夺过女人手中的寒莲果饮。

"拿过来。"女人恼火地打断说，怒气腾腾的双眼中带着一丝醉意。

柳嘉察觉，这个女人戴着的黑色礼帽和刚才他在安息之所看见的那顶一模一样，再加上她精致的五官、高傲的眼神……她多半就是戚梦萦的母亲——戚灵珊。而病床上那个机械臂男子，大概就是戚梦萦的父亲了。

柳真夜难过地看着颓废的戚灵珊，还有病床上仍然陷入昏睡的星无云。一边的床头柜上，那一枚金属盖被打开的怀表，里面镶嵌着戚梦萦的相片。

"灵珊，不要自暴自弃。"柳真夜声音低沉地说。

戚灵珊伸出手打了个响指，床头柜上的一只机械鸟叼起那枚怀表，扇着翅膀飞过来，放在她的手里。

"这场云海攻城战，联合狩梦舰队派出了 13 条战船，和黑凰残魔的兵马交火了整整一个月才最终险胜，但我们仍然没有打败他。"

戚灵珊看着怀表里的相片，冰山般的表情和戚梦萦的简直一模一样："他们的下一次进攻，就是我们最后的战斗了吧？"

柳真夜紧紧地抿着嘴唇，沉默不语。

"我们狩梦人在梦域空间戎马一生，征战无数。为了清除梦魇瘟疫，守护人类世界安宁，不惜付出一切，甚至沉沦杀戮。"戚灵珊幽幽地说，"但这所有的一切，在我们死去之后，都将被

淹没在时间的长河，就像泪水消失在雨中……又有谁会记得我们？谁会来祭奠我们悲壮的过往？"

"但我们作为狩梦人，并非一无所得。"柳真夜的声音沉稳有力，"我们也曾看见过人们无法想象的景象：我们去过巨龙盘桓的山脉峡谷，看过幻影星舰在远古冰川上熊熊燃烧，虚无之瞳的万丈光芒在灵魂逆流河上空闪耀……"

他的身体在微微地颤动："而且通过这场战斗……我们拯救了米兰市，清除了黑凰残魇设置的幻象病毒重大感染源，保护了市民和我们的家人。"

"家人……"戚灵珊冷笑一声，拿起床头柜上的那枚怀表，用手指摩挲着相片里的戚梦萦，"我们保护了无数人的家人，可是自己的家人，连见一面都成了奢望。我们耗费了太多时间去寻找生命的意义，去证明自我的价值，却连最简朴的生活都过不上，还想去挑战黑暗，改变未来……"

"既然如此，你为什么不放弃？"柳真夜低声问。

"因为，我生命的这一道光……"戚灵珊将戚梦萦的照片拥入怀中。

"我想要守护她，不让她再被黑暗和噩梦侵扰。我希望她每一天都能对我绽放笑容，我希望有一天能和她一起去闻一朵在春天盛开的小花，去听雨点敲打在玻璃窗上，让雪花融化在我们的掌心里……"她的眼角泛起晶莹的泪光，声音变得温柔而又充满力量，"所以，我一定要消灭——黑凰残魇，哪怕要因此而丧命。"

"灵珊，"柳真夜的手轻轻按在戚灵珊瘦弱的肩膀上，"多保

重身体。终有一天，孩子们会明白，我们为何而战。"

柳真夜说完便不再逗留，转身推开门走上了甲板。

柳嘉此刻已经泪流满面。他张合了几下嘴，却发不出哪怕一点儿声音。他只想追上父亲，抱着父亲痛哭，可是房间里的水流突然变得湍急，将他冲到了船舱的玻璃舷窗旁。

柳嘉惊讶地发现窗外竟还是这个复古船舱，只是全然没有现在沉重压抑的气氛，反而被布置成了张灯结彩的餐厅模样，喧闹非凡。衣着光鲜的狩梦人们三三两两聚集在一起，兴奋讨论着即将展开的大战。

戚灵珊则是坐在餐桌边，高举杯子，踌躇满志地大喊："狩梦人终于不再内讧而是团结一心！为这次联合出击，干杯！"

餐厅里立刻响起一阵热闹的应和声和几声口哨。

柳嘉也要被这里热闹的气氛感染，玻璃窗上突然浮现出一行红色字迹，又快速消失，似乎在提醒他这一切都只是幻象，只有解开幻象才能离开这里。

小鱼们从柳嘉身边飞快地游过。等它们散去时，柳嘉再次抬头往外看去，幻象已经不复存在。

柳嘉这才发现这艘船竟然正悬浮在天空之上，窗外是一朵朵灰白色的雨云。

又一段盘旋着往上延伸的金属舷梯，出现在柳嘉面前。

澎湃的水流向舷梯之上逆流而去，小鱼们也顺着水流飞快地往上浮游。

"那边有声音传过来……"柳嘉沿着舷梯往上走去，令他惊讶的是，舷梯尽头竟然是巨大帆船的瞭望台！

在他的头顶上方，猩红的浓云涌动。

他还没有站稳脚跟，耳边突然响起了巨大的爆炸声。在气浪的冲击下，帆船猛烈摇晃起来。

柳嘉紧紧地抓住瞭望台的扶栏，往周围看去，发现这艘帆船竟然飞行在天空中，飘浮的云海在四周激烈涌动，巨大的飞鱼在白云间游荡。

一面深蓝色旗帜在桅杆上飘扬，上面绘有被群星围绕的海鸥图案——和刚才看到的那艘沉船上的一模一样。

不仅如此，柳嘉还注意到周围飞行着好几艘猎鹰造型的战舰，飘扬在战舰上方的橙红色旗帜上，写着"狩梦联合舰队"几个大字。

不远处，有几艘飞船正朝着柳嘉所在的船疯狂地发射炮弹。那些飞船的船首像是狰狞的三眼海兽。一时间，疯狂的叫喊声和炮弹的炸裂声混杂在船的周围。

柳嘉有些害怕，想要退回到刚才的复古船舱。

突然，他听见一声大喊："真夜！联合舰队令——敌强我弱，全员撤退！"

柳嘉惊讶地转头往下看去，发现戚灵珊和负伤作战的星无云，正狼狈地攀爬在船沿边密密麻麻的绳梯上回击。一群穿着各种奇怪服装的人正和他们一样朝三眼海兽飞船方向飞快地拉弓、开枪，并投射许多奇怪的物体。

他的父亲柳真夜，也正拉着一把橙色的机械弓，将那些妄

图攀上绳梯的黑衣海盗一一射下船去。

"爸爸——"柳嘉惊慌失措地大喊，但是他的声音根本就传不出去。

"撤退？懦夫！我们的背后是整个米兰市！"戚灵珊高声怒骂。

"真夜，"星无云的目光坚定，"我们听你的。"

柳真夜气喘吁吁地看向火力凶猛的敌舰。同行的猎鹰飞船已经在纷纷调头向后撤退，只有他们仍然在炮火纷飞的云海阵地坚守。

柳嘉沿着瞭望台的绳梯飞快向下爬，想要落到甲板上。

这时飞船后方忽然响起震耳欲聋的吼叫声。

柳嘉转过头，发现一个巨大的飞行生物正喷着烈火朝飞船冲过来！那是一头三足熔岩骨龙，是梦域中的特殊生物，漆黑的金属鳞片包裹着熔岩般猩红的躯体。它的双翅遮天蔽日，尖锐的利爪仿佛能碾碎一切它所触及之物。

更让柳嘉感到震惊的是，在那头三足熔岩骨龙的背上，竟然伫立着一个诡异的少年。他身披黑色长袍，戴着龙首面具，手中握着一把如龙牙般尖利的火剑，正熊熊燃烧。

"不好——A级梦域碎片变异了！"柳真夜惊叫，"是噬梦恶龙！还有……黑魇武士！"

熔岩骨龙的巨大翅膀擦过飞船，船身立刻剧烈地摇晃起来，绳梯上大半的人都惨叫着坠落下去。

柳嘉吓得两脚发软，双手死死地抓住了绳梯，两只脚悬在半空中晃动着。

他心惊胆战地往下看了一眼，如果他刚才掉下去，多半已经摔成烤肉饼了……

战场各种尖啸声中，柳嘉终于爬到了甲板上。船员们拿着各种武器，在他的身边奔走作战。

而这时，两艘慌忙撤退的猎鹰战舰被熔岩骨龙喷出的火球击中，在刺耳的惨叫声中解体坠落。

柳嘉害怕地看着周围的一切，不知该如何是好。他是否能做些什么帮助父亲？可是他现在连站起来都困难。

"该死！噬梦恶龙和黑魔武士，我们一个都对付不了！"星无云紧紧抓住甲板旁晃荡的绳梯，绝望地说。

此时他头发乱糟糟的，满脸尘土，机械臂套冒起了黑烟。在他身边的戚灵珊也好不了多少，半边战甲都被刚才飞行怪物喷出的大火烧没了。

柳嘉趴在绳梯边的甲板上，看见他们的胸膛正激烈地起伏。几秒后，柳真夜逐渐恢复了镇定。他从腰包里掏出了一个鹦鹉螺递给星无云——柳嘉发现，这正是安息之所光球中的那一个！

"把它交给我儿子。恐怕，我不能参加他的运动会了。"柳真夜无奈地笑了笑。柳嘉捂住嘴，感到浑身发凉。

"你要做什么?!"星无云大声问。

"我若不战，整个米兰市的人都会感染黑魔病毒。"柳真夜目光坚定地说，"我不惧怕黑魔武士，但我不能让你们和我一起去冒险。"

远处，巨大的熔岩骨龙调转身躯，再次朝星夜海鸥号呼啸

冲刺。

"不。"星无云吃力地躲开了一枚火球,"保护米兰市,是我们全体的责任。"

"没错。"戚灵珊坚定地说,"我们身后是整个米兰市,还有孩子们……如果我们失败了,他们都会陷入险境。我们,绝不能退!"她一边说着,一边摘下了她的帽子。星无云同时也摘下自己衣服上的徽章。

船员们扛着一个巨大的泡沫灭火筒,在努力浇灭绳梯上燃烧的火焰。

"爸爸——你们快上来!绳梯快要断了!"在怪物凄厉的叫

声中，柳嘉对正在指挥船员撤退的柳真夜大喊大叫。

这时，柳真夜突然抬起头，朝柳嘉的方向露出一个温柔的微笑。柳嘉的心猛地一收紧，耳边的声音仿佛一瞬间全都消失了。

"找到夜行者——让它想办法转交给老院长！"柳真夜将鹦鹉螺扔上了船，"告诉我儿子柳嘉，照顾好他的妈妈。一定要成为一个令我骄傲的男子汉！"

戚灵珊和星无云对望了一眼，也把手中的帽子和徽章扔上了船。

"柳真夜——"光头尉官在甲板上大喊。

柳嘉已经哽咽到几乎发不出声音了："爸爸！别走——不要

扔下我和妈妈……爸爸!"

柳真夜目光坚定地转过身,从背后抽出一把闪着蓝光的长剑,直接冲向飞船下那个张牙舞爪的巨大怪物。

在柳嘉的哭喊声和炮弹的炸裂声中,柳真夜朝怪物的背上纵身一跃,戚灵珊和星无云对视一眼,也跟着跳了下去。他们的怒吼声,响彻云霄。

"星夜海鸥号的同伴,患难与共!"

"为了米兰市和孩子们!"

"为了狩梦人的荣耀!"

熔岩骨龙喷出熊熊烈火,将飞船边的绳梯烧着了。

柳真夜、戚灵珊和星无云与操纵噬梦恶龙的黑魔武士一起从茫茫云海坠落至梦域深渊。

"爸爸——不要——"柳嘉的哭喊被周围的炸裂声淹没了。


就在这时,甲板边凭空出现了一条新的金色绳梯,沿着船身向下垂落——柳嘉毫不犹豫地爬上了绳梯,他要去找他的父亲,然而一阵凄厉的大笑声在他的头顶上响起。

"臭小子,让我好找——"

柳嘉抬头一看,女鲛人竟然正在不远处激动地甩着尾鳍。他倒吸一口气,赶紧加快速度沿着绳梯向下爬去。

"又想逃?你以为每次都有那么好的运气吗?"女鲛人大笑着朝柳嘉飞快地游了过去,"乖乖地过来吧!啊哈哈哈——"

柳嘉满头大汗,然而就在他快要爬到绳梯底端时,女鲛人粗大的鱼尾拍在了他的身上。柳嘉顿时感觉头晕目眩,身体也

失去了力气，从绳梯上跌落了下去。

　　女鲛人的尖笑声越来越远了，柳嘉感觉自己在飞快地向下坠落，陷入一片无边无际的黑暗里。脑子里就像灌满了水泥，失去了思考的能力。

—— 第一幕 结束 ——

 第二幕

# 虚幻绞索

"柳嘉，醒醒。柳嘉？"

虚空中传来一个轻灵的声音，柳嘉感觉脸颊上传来一阵温热。

他缓缓地睁开眼睛，恍惚看见了崔如意的身影，而当他的视线完全清晰时，发现站在他面前的竟然是戚梦萦。

戚梦萦将一只手轻轻搭在他脸上，泪水淹没了她的脸颊。

过了一会儿，祭坛边的石台缓缓降落下去。

"刚才……我是在做梦吗？"柳嘉心情沉重地问。

"不完全是，我的孩子……"戚梦来院长心情沉重地回答，"是狩梦人储存在这些道具中的梦域空间记忆影像。"

戚梦萦忧伤地看着石台落下的地方，喃喃地说："鹦鹉螺和蝴蝶帽是储存记忆影像的闪存道具，是爷爷在 20 年前的一项发明——狩梦人通过这个能将梦域空间中的影像保存下来，带回永眠基地进行研究。"

"你的解释很准确，小萦。"戚梦来院长说道。

"我偷看了大部分爸爸房间里的资料。可是……"戚梦萦突然咬紧嘴唇，无法再继续说下去。

柳嘉仍然似懂非懂："你的意思是，刚才我看见的一切……都是在梦域空间里发生的事情吗？"

"是的。"戚梦来院长点点头，"真夜和小萦的父母都被困在了那个梦域碎片里。"

"您为什么要让我的父亲去那么危险的地方?!"柳嘉的情绪激动起来，"如果他不当狩梦人，现在正在家里陪我，妈妈也不会生病！我们一家人就能快快乐乐地生活在一起！"

柳嘉哽咽着大喊，最后变成了咆哮。

"孩子，"戚梦来院长沉重地叹了口气，"促使你父亲成为狩梦人的，难道不正是你吗？"

柳嘉像被按了暂停键的音响，愣在了原地。

"你小时候是否经常做噩梦，有时候甚至无法从梦中醒来？"戚梦来院长问。

柳嘉木讷地点了点头。

"做梦，本是人体受到梦域空间引力波连接的天然反应。而有些噩梦，却是人为制造的梦魇灾难。"戚梦来院长目光锐利地看着柳嘉，"也就是说，你曾经历的那些噩梦……"

戚梦来院长的话，令柳嘉的思维和意识变得恍惚。

他不由自主地回想起，五年前自己经常做的一个奇怪的梦。

梦里的世界，夜色迷离，暮霭沉沉，永无黎明。

没有一线晨光能轻易冲破红色月魇的边界。除了厚重且永无休止的晦暗外，唯有庇护柳嘉心智的一串帆船项链，能给予他一丝安宁。

在梦里面，他是一个被遗忘在黑暗殿堂某处角落里的小木偶。身上布满了灰尘，过度的干燥使得他的身躯日渐龟裂，他的一条腿和半个手臂，早已腐化掉了。

黑暗殿堂里，偶尔会出现一位面容模糊的银发怪人，他有着一双犀利且阴鸷的眼睛。昏暗的灯光下，怪人喜欢走到殿堂内的巨大书架墙下，躺在一张破旧的摇椅里阅读、写作，撰写一些情节离奇不堪的可怕童话故事。

有时候，怪人会声嘶力竭地问柳嘉一个问题："小木偶，你想变成人吗？去承受生而为人的痛苦……去感觉失亲、失恋、失望、失败、失忆……最后，醒过来的你，再亲手将一切得不到的幻象全部毁灭。"

小木偶柳嘉目光愣愣地望着怪人。在梦里，它其实并不会，也不能说话。但不知道为什么，却能听懂怪人神经质般的呢喃自语。

怪人时常告诫小木偶，做木偶是世界上最幸运的事，没有烦恼，不用工作、不用学习也不用说话，只要安静地待在角落里就可以了。等待时间过去，木质的身躯朽坏腐烂，化为灰尘，

就当从来不存在一样。

　　在黑色殿堂里，怪人写了无数个梦魇般的故事，然后在每天临睡前，缓缓地读给小木偶柳嘉听。他想要教会柳嘉做梦，在一些平静或者幸福的梦里，去发泄自己的情绪，将一切美好统统湮灭……就像他年轻时一样。

　　毕竟，梦都是光影泡沫，醒来后，一切皆为虚幻。

　　有一次，怪人从殿堂外黑暗的时间深渊中，窃取了许多乱麻，那些乱麻在他灵巧敏捷的手中逐渐演化成了文字和图案。

　　他开始操纵着小木偶，进入一个诡异的梦里。

　　小木偶柳嘉变成了很久很久以前，一个叫作嬴政的小男孩。

　　他生活在一个极度混乱的战乱时代，每个人都生活得极其艰难、痛苦。于是，小男孩迅速成长了起来，成为所在梦中最强大的勇者，并打败了所有敢于阻挡他道路的恶人，最终创造了一个强大的王朝。但某天晚上醒来，小男孩看到镜子里自己的

样子，赫然变成了怪人的模样……于是小男孩砸碎了镜子，并且把所有敢于记载和反对自己形象、行为和来历的聪明人全部坑杀枭首……这时候，天罚出现了，一群人从红色的火焰中走出，粉碎了小木偶。

极其漫长的噩梦，梦中甚至还有更深沉的梦。

这一切都令幼小的柳嘉痛苦不堪。他经常莫名其妙地昏厥，又或陷入长时间的沉默寡言、口舌流涎，痴痴呆呆地坐在幼儿园的泥巴地上。

直至有一天，爸爸柳真夜满头大汗，拿出一串梦中出现过的、神奇的帆船项链，挂在柳嘉胸口上，奇怪的噩梦，才从此消失……

"柳嘉……柳嘉?"

在戚梦萦的轻声呼唤下，柳嘉终于缓过神来。

看着柳嘉迷惑的眼睛，戚梦来院长耐心地解释道："几年前，我们在研究引力波与量子纠缠的关联性时发现，有人在故意制造噩梦，将做梦人的意识困在梦魇里，从而达到吞噬和收集灵魂粒子的潜在目的。这个行为对受害人造成了难以估量的损伤，他们的精神意识会因此而昏迷、疯狂，甚至死亡。"

"您的意思是，有人想要把我困在梦魇里吗?"柳嘉惊异地追问，"那我平时看到的那些奇怪幻象，也是有人故意制造的吗?"

"确实如此。"戚梦来院长点点头，"但有些幻象，却是由我们制造，保障社会关键场所顺利运转的疫苗。比如你在家里和教室看到的某些幻象。"

柳嘉隐隐约约地明白了些什么。

戚梦来院长接着说："你父亲在成为狩梦人之前，是一位专职研究脑域神经链的医学天才。为了保护你，他才毅然决定加入狩梦人组织，守护你的安全。狩梦人组织的天职，就是解救被困在梦魇灾难中的受害人。"

柳嘉惊讶得倒吸了一口凉气。

他忽然回想起，刚才在父亲的记忆影像中听过的话："总有一天，孩子们会明白，我们为何而战……"

"小紫的父母，也是因为同样的理由，选择成为狩梦人的。"戚梦来院长看了一眼泪光闪动的戚梦紫，"他们不但保护了你们，还默默帮助了很多被困在梦魇中的受害人，直到遭遇那个可怕的……"

"A级梦域碎片变异。"柳嘉的脑中突然跳出了柳真夜说的话。

"我的妈妈——也被困在梦魇里了吗？"柳嘉担忧地问。

"恐怕是这样。"戚梦来院长叹了口气，"她现在被困的时间还不长，博古已经查看过，她所处的梦魇灾难并不严重。只是……"

戚梦来院长悲痛地环视了一下周围的聚魂棺："永眠墓地，已经没有可以继续战斗的狩梦人了。"

柳嘉感觉身体里有什么东西轰然倒塌，踉跄地后退了两步，眼泪像洪水般涌出眼眶，淹没了脸颊。

"您的意思是，我的妈妈没救了，是吗？"

这是否意味着，从此以后，他只能孤零零地生活在这个世界上？

"不，柳嘉，还有一次机会。"戚梦萦伸出一只手，轻轻搭在柳嘉的肩膀上。柳嘉转过头，迷茫地看着站到自己身边的戚梦萦——她的眼神如此清澈凛冽，像极了冬天的冰雪。

"小萦，成为狩梦人是一条没有归途的道路……"戚梦来院长严肃地说。

戚梦萦点了点头，目光坚定地看着一脸茫然的柳嘉。

"我们来做第二代狩梦人——这一次，轮到我们去守护和拯救最爱的人了！"

柳嘉凝望着戚梦萦，悲伤的目光渐渐变得坚定而勇敢。他用力点了点头，在心中做了决定。

为了救妈妈，为了救回仍有生存希望的爸爸，还为了保护无辜的人们不受梦魇的侵害。

柳嘉决定，他要像父亲一样，成为一位勇敢的狩梦人。

第二幕 结束

这一次，轮到我们来守护和拯救最爱的人了！

我们来做第二代狩梦人！

第三幕

# 前哨战

这天晚上，柳嘉仍然睡在老院长安排的那间小客房内。

他已经非常累了，可仍然努力地睁大眼睛，不让自己睡着。

"这是梦吗？"柳嘉不停地回忆刚才所发生的一切，"会不会睡着再醒来的时候，我还在那间阴暗的地下室里。"

他拿起床头柜上的一封邀请函，这是从永眠墓地出来时，戚梦来院长给他的，邀请他参加三天后举行的"第二代狩梦人试炼"。

柳嘉用手指反复摩挲邀请函厚重精致的信封，真实的触感让他感到踏实，却也更加亢奋。

狩梦人试炼会是什么样的呢？柳嘉辗转反侧……真想和妈

妈好好地聊聊天，告诉她这一切……

接下来的三天，柳嘉都是在天台山综合疗养医院里度过的。

博古医生帮他向学校请了假，并且跟舅舅和舅妈做了说明。只不过柳嘉可以确定，他一定也不喜欢崔牛牛，因为崔牛牛用智能手表给他发了一堆信息，死皮赖脸地要跟随博古医生来天台山医院参观玩耍。

柳嘉白天都守候在母亲的病床前，悉心地照顾着。

他的一日三餐，由一位机器人管家照料。戚梦萦放学后，会来帮他补习功课。柳嘉每晚睡觉前，总会站在窗边凝视银色的月亮许久，直到困倦入睡。

时间过得飞快。柳嘉床头的那本日历，已经被轻轻地撕去两页。

等到天亮之后，柳嘉就要去参加狩梦人试炼了。但这两天，无论是戚梦来院长、博古医生还是戚梦萦，都没有向他透露任何与试炼相关的具体信息。


夜色已深，柳嘉关掉了房间里所有的灯，独自站在敞开的窗边。他眺望着夜空中的那轮银月，月亮仿佛也在静静地凝视着他，清幽的月辉像极了父亲那冷静而温柔的目光。

虽然母亲的身体还没有康复，可柳嘉已经感觉到，他那被红月照耀的晦暗人生，已经在发生改变……

他的心愿也许真的会实现吧？也许妈妈会恢复健康，甚至爸爸也能回到他的身边……但他心里非常清楚，他想要的幸福，必须靠自己的努力去争取和守护。就像博古医生所说的，他要

有勇气，去和命运做交换。

这天晚上，柳嘉强迫自己早早地睡着了。因为他必须全力以赴去应对天亮以后的狩梦人试炼，这是他改变命运的唯一机会。

第二天一早，柳嘉在闹钟响起之前便已经醒了过来。

时间是早上六点，他既兴奋又紧张，飞快地跳下床穿好衣服，然后认认真真地梳理了一下头发。用冷水洗脸时，他发现自己的黑眼圈淡了不少，多半是这几天好好睡觉的缘故。

他在窗前模仿龙猫宫宝一家的姿势做了早操，之后就在房间里紧张不安地走来走去，等候管家机器人来送早餐。

早晨七点半，柳嘉终于用力地拉开了客房的门。

他深吸一口气，握紧了手中那张狩梦人试炼邀请函，勇敢地走入了一片清澈耀眼的晨光中。


柳嘉迷茫地在偌大的综合医院中穿行，足足花了半个小时，才终于在一个位置极其偏僻的走廊里，找到了通往集合地——天霄礼堂的电梯。

这条走廊看起来已经很久没有人打扫了，地面和墙壁落满了灰尘。

走廊一侧的墙壁上，整齐地排列着一扇扇玻璃窗户，淡淡的晨光洒落进来，照亮了飞扬在空气中的粉尘，令这条走廊显得幽静而神秘。

电梯就在这条走廊的尽头处，同样也是脏兮兮的，而且非常窄小。金属门上的深蓝色油漆，大部分都已经剥落，看来很少有人来这里搭乘这部电梯。

柳嘉站在电梯口，确认无误后，紧张地摁下电梯按钮。

电梯降落的哗哗声，让柳嘉的心跳得越来越快。

叮——

当电梯门缓缓打开，清澈的晨光从柳嘉身后照射进电梯里，洒落在两个人的身上——戚梦萦，竟然还有罗西！

罗西穿着一件雪白的羊绒卫衣，双手插在兜里。他有着天使般美丽俊秀的侧脸，脸上浮动着浅浅柔光，使他宛如名贵的雕塑。而他蓝灰色的眼睛，却时刻闪烁着小恶魔般狡黠顽劣的光。

"唷！"他懒洋洋地抬了一下手，"欢迎搭乘实验体专用的6号电梯。"

"进来吧！试炼快开始了。"戚梦萦淡淡地看了一眼仍在电梯口发呆的柳嘉，低声催促。

她穿着明德的校服，外面套着浅黄色的齐膝风衣外套，柔顺的乌黑长发披在身后，在晨光中宛若一朵飘逸出尘的水仙。

柳嘉赶紧走进电梯里，并且尽可能离罗西远远的，向戚梦萦靠拢。他这辈子都忘不掉，第一次遇见这个灰蓝色眼睛的小子，他就差点儿丢了小命！

不过，柳嘉很快发现，戚梦萦也不太喜欢罗西。因为他们各自站在电梯的一个角落，中间仿佛有股看不见的同极磁场互相排斥着，并且他们也非常有默契地互不搭理。

电梯门缓缓关闭，开始继续向下降落。

"嗨，口哨。"罗西跟柳嘉打招呼，上扬的傲慢语调让人感

觉很是不爽。

"口哨是什么意思？"柳嘉不愉快地问。

戚梦萦没有理睬他们，完全置身事外。

"弱鸡或口哨，你选个代号吧！"罗西坏笑着翘起一边嘴角，"我觉得，口哨比较合适。毕竟你是排名在我和 7 号前面的——3 号实验体。"他指了一下自己和戚梦萦。

柳嘉发现，戚梦萦微微皱了皱眉，目光不愉快地动了一下。

"你们，不想去按一下那个黑色按钮的楼层吗？"罗西饶有兴致地用眼神示意了一下电梯楼层按钮中最下方标注着"🚫"图形的黑色按钮。

"没有博古医生的同意，不能访问那层楼。"戚梦萦声音冰冷地回答。

"很好。我只对'不被允许'的东西感兴趣。"罗西不以为然地耸了耸肩膀。

空气中弥漫着看不见的硝烟，两股气流在激烈碰撞，如电光火石般炸裂。

罗西完全不顾戚梦萦恼怒的目光，以及柳嘉惊愕的神情，他径直走到楼层按钮前。

正当罗西要摁下黑色按钮时，一只手突然将他挡住了！

"住手。"柳嘉气呼呼地瞪着他，"我和戚梦萦都要去参加狩梦人试炼，你想去，先等我们下了电梯。"他才不会像上次那样，被罗西牵着鼻子走！

"一个人按？那多没劲！"罗西不高兴地哼了哼。

"不如，你去找 1 号和 2 号实验体玩怎么样？以排名看，他

们肯定很厉害！"柳嘉急中生智地说。但万万没想到，他的话却让电梯里陷入一片死寂。

柳嘉疑惑地来回打量沉默的戚梦萦和罗西，不知道自己说错了什么。

"看来你不知道，1号和2号实验体都已经脑死亡了。"罗西语调轻松地说。

"脑死亡……"柳嘉看了一眼严肃的戚梦萦，推测罗西并不是在开玩笑，"他们是在执行狩梦人任务时，遇到了危险吗？"

"谁知道呢？用我的'罗西颠倒猜想'推断，下一个应该就会轮到你。"罗西说完这句话，似乎把自己也吓了一跳。他突然明白了什么，收回了准备摁黑色按钮的手，然后重新回到角落里站好，似笑非笑地望着柳嘉："看来，以后不得不保护你这个小弱鸡了。"

"保护我？我可不会缴保护费。"柳嘉哼了哼，"我已经有易天爵大哥罩着了，不需要你的保护。"

"易天爵？"罗西挑起眉毛，看了一眼手腕上的智能手环，"没有任何信息。99.9983%的概率是个蠢蛋。"

电梯停下来了。

戚梦萦冷冷地瞟了一眼柳嘉和罗西，率先站到窄小的金属门前。看样子她很长一段时间内，都不想再看见他们。柳嘉悲哀地叹了口气——唉，都怪罗西！

电梯门缓缓打开了。一阵嗡嗡的说话声扑面而来，仿佛飞来了上千只聒噪的麻雀。

在电梯外的是一个宽敞的大礼堂。

礼堂有半个足球场大小，四周的大理石墙壁银白发光。深蓝色的天花板如同碧空，中央悬挂着一盏月球造型的吊灯。

半圆形的主席台矗立在最前方，背景墙上高悬蟠龙造型龙巢基地的徽章，下面有一行用银色金属制成的大字——**第二代狩梦人·试炼大会**。

这里已经集合了约上百人。轻快悠扬的音乐在叽叽喳喳的人群上空缭绕。他们年龄大多在 12 到 20 岁，有一些和柳嘉、戚梦萦年纪相仿的学生。

他们虽然聚集在一起，却像一头头来自深山或丛林中的独狼，身上散发着与生俱来的孤僻气质，眼睛里透出警惕的光。

不仅如此，其中还有些相当怪异的人，甚至还有一个四肢扭曲的侏儒。

戚梦萦一言不发，独自走开了。

"气氛还不错。"罗西吹着口哨，像是有什么东西引起了他的好奇。

柳嘉无奈地看了一眼各自走开的两个人，打算找个不起眼的地方先待下来，于是缓步朝礼堂一个稍许安静的角落走去。

他走过人群时，一个像猫咪般娇小可爱的小萝莉，正坐在体型如巨熊般高壮的男生肩膀上。

"哥哥，我想要个新娃娃……"女孩打了个哈欠，"会尖叫的那种。"

"哥哥现在就帮你抓。"男生说着，目光在人群中四处搜寻。

柳嘉发觉女孩朝他望了过来，露出一个诡谲的笑。他汗毛直竖，赶紧扭头快步走远了。

一个皮肤黝黑的光头少年，正被几个人围在会场一角。他的身材高大魁梧，左边的胳膊是一只用合金打造的机械手臂。

"我曾经徒手扳倒一只黑熊！"男生得意地向周围的人吹嘘。

嗖——

一道疾风擦过柳嘉的耳旁。

第三幕 结束

ACT
**04**

你好.

我是麻赛!

第四幕

# 3号实验体

　　柳嘉吓了一跳，循着来源望去，发现竟是一支利箭，射中了一个红色的苹果！

　　那苹果正被一个背着奇怪大葫芦的黑衣少年拿在手中，他正准备咬苹果，被突然飞来的箭矢惊得张大嘴，愣在了原地！

　　而在百米开外，另一位少年正手握长弓冷冷地注视着他。那位少年扎着高马尾，白衣飘飘，冰霜般的面容上有一丝怒气。

　　"不好意思啊，吓着你了小兄弟！"黑衣少年拍了拍柳嘉的肩膀，"那人只是看起来很凶，不用害怕！"他说完，完全不顾白衣少年恼怒的目光，像啃鸡腿似的抓着箭矢大口咬着苹果，大摇大摆地走入了人群中。

柳嘉对两位少年感到好奇极了，但却没有时间观察太多。他的衣袖被人轻轻地拽了拽。

"哥哥，你认识戚梦萦学姐吗？"

说话的是一个小男孩，比柳嘉矮半个头，他正兴奋地扑闪着大眼睛，让柳嘉联想到喜欢和主人玩球的小狗。

"我刚才看见你和戚梦萦学姐一起走出电梯！"小男孩补充说。

"戚梦萦同学是我的同桌。"柳嘉点了点头回答。

"哇！"小男孩羡慕得眼睛闪闪发光，让柳嘉感到莫名地骄傲，"戚梦萦学姐以前在我们红枫学校，可是很多人的偶像！我直到最近才知道，她居然是7号实验体！太厉害了！"

"你可以把这些话告诉她，戚梦萦同学会高兴的，我想。"柳嘉微笑着建议，他对小男孩的话深有同感。

"戚梦萦学姐一直都不喜欢被打扰……"小男孩嘟着嘴，失落地眨巴眼睛。

柳嘉朝礼堂的角落看了过去，发现戚梦萦正独自站在礼堂的一扇玻璃窗旁，出神地眺望着窗外，似乎在沉思什么，周身散发着与世隔绝的气息。

旁边有不少人好奇地朝她张望，并且小声议论，但却都不敢轻易上前打扰。

"哥哥，你可以帮我把这封信转交给戚梦萦学姐吗？"小男孩从口袋里拿出一个皱巴巴的信封，交到柳嘉手中，"这可不是情书……我是实验体97号，平时在学校，我遇到很多古怪的事情。可爸爸和妈妈离婚以后，没有人愿意好好听我说话了……

我有好多困惑，希望能有一个人帮我解答。"

柳嘉的心突然有些酸酸的。他苦笑着拍了拍小男孩的肩膀："放心吧，小老弟。我一定会帮你把信转交给戚梦萦同学。"

"太好了！谢谢你！"小男孩开心地笑了，胖乎乎的脸像朵太阳花，"对了，我叫麻赛！"

"我叫柳嘉。"柳嘉笑着回答。

"柳嘉哥！作为感谢，我可以告诉你一些事……"麻赛凑到柳嘉耳边悄声说，"和这一次狩梦人试炼的选手相关！"

"什么？你拿到了选手们的信息资料？"柳嘉吃惊地问。

麻赛点点头，拉着柳嘉穿过人群走到一个角落，这里恰好可以看见礼堂里的绝大部分人。

"我只知道一小部分，这些是雨笙告诉我的。"麻赛指着那个装了机械臂的光头少年，"他叫作包尔贝，63号实验体，以前是柔道世界少年赛的冠军！但在一次比赛中受了重伤，做了截肢手术……但据说装上机械手臂后，他比以前更厉害了。"

柳嘉惊讶地看见，包尔贝将另一个牛高马大的男生摞倒在地上，轻松得像老鹰抓小鸡一样。

"他叫飞萤，31号实验体，是个高中生，据说是个问题少年，"麻赛指着围观人群中一个个头矮小的冷酷少年，"听说他的速度特别快，曾经在校运动会上打破了短跑世界纪录！还有她——"

麻赛胖乎乎的手指往旁边偏转，柳嘉顺着他指的方向看去，发现一个瘦弱的女生，正手足无措地站在人群中。

她不仅脸色苍白，连眉毛和齐腰长发也都是白色……看上去就像是一个雪雕，轻轻一碰就会融化。

"藏珑的爸爸是著名的魔术师，她也是魔术天才，只可惜体弱多病，实验体编号是 27。"

"还有 13 号实验体藤星衣和 86 号实验体春河源。"麻赛指着两个正在斗嘴的高中男生，"他们在学校里办了个超感侦探社，据说相当有名气！"

"你知道他们是谁吗？"柳嘉指着背着葫芦的黑衣少年和拿长弓的白衣少年，好奇地问。

"他们是 28 号和 29 号实验体，名叫苍空越和陌雪璃，是一对死对头，其他的情报就不知道了……不过光听排名就知道他们很厉害！"麻赛兴奋地说。

柳嘉注意到，白衣少年的长弓好像是用藤条做的，上面开出一朵朵白色的小花，美丽极了。

就在这时，大厅里爆发出一阵惨叫声。

柳嘉和周围的人一起转头看去，光头少年的机械手臂竟然被折断了，金属零件撒落一地！始作俑者正是罗西。

"哼，这么轻易就断了，真无聊。"罗西将折下来的半截机械手臂扔在地上，"这是三年前，我帮老头的公司设计的机械义肢，我早就想把它拆了重做。你正好送上门来……"罗西用打量劣质材料的目光扫了男生一眼，"以你的智力，当我的实验品不够格。"

大厅里的人群噤若寒蝉。两名保安人员匆忙赶了过来，他们检测了罗西的身份后，朝他敬了一个礼，随后便将又惊又怒的光头男生带走了。

礼堂里的参选者们悄声议论起来，纷纷对罗西露出既害怕又嫉妒的目光。

"包尔贝疯了吗？竟然敢故意挑衅罗西？"

"三年前……设计机械义肢？他现在看起来比我们的年纪都小，吓唬谁呢？"

"我听说他还做过不少可怕的事情……"

柳嘉看着罗西的背影，发现他对周围人的议论毫不在乎，继续我行我素地东游西荡，寻找着下一个有趣的东西或事情。

"罗西……4号实验体……"麻赛吞了口唾沫，"雨笙说，他是超级危险的角色，绝对不要靠近他。"

"你的朋友说得对。"柳嘉抱着胳膊，非常赞同地点了点头。

"对了，柳嘉学长，"麻赛突然抬头看着柳嘉，"你刚才和罗西、戚梦萦学姐一起坐电梯来会场，你是几号实验体？"

"他们说，我是3号。"柳嘉回答。

"没关系，排名3号也不算太靠后……"麻赛习惯性安慰柳嘉之后，突然震惊得几乎石化在原地，"什么！你是3号？"

"你是3号实验体？！真的假的？"旁边一个男生听到麻赛的大喊，连忙走过来，难以置信地盯着柳嘉来回打量。

柳嘉不知说什么好，脸涨得通红。

紧接着，周围的人全都朝他看了过来。

苍空越和陌雪璃好奇地打量着他。浑身雪白的女孩在朝他微笑。

接着人群渐渐地聚拢了过来，柳嘉发现自己竟跟周围的人一一打起招呼。

"3 号实验体，你的排名为什么能这么靠前？"

"太荣幸了，3 号！可以和你握手吗？"

"3 号实验体，合个影行吗？"

"比罗西和戚梦萦还要厉害的 3 号……"

柳嘉稀里糊涂地和周围人握手、合影留念，根本不知道自己在做什么。

一个戴着厚瓶底眼镜的瘦弱男孩走了过来，战战兢兢地朝柳嘉伸出手。

"3、3、3 号，"男孩有些口吃，结结巴巴地说，"我、我是小洛——"

可是其余的人根本没耐心等男孩跟柳嘉说完，继续围着他叽叽呱呱地议论不停。柳嘉花了大概十来分钟才把他们摆脱掉。麻赛也跟着一个小女孩和一个小胖墩一起走开了。

"哟，口哨，人气挺高？"

一个声音突然在柳嘉后脑勺响起。柳嘉惊得一蹦三尺高。

"罗、罗西？"

罗西朝柳嘉咧嘴一笑："有个好玩的东西，去看看？"

柳嘉感受到一股危险气息扑面而来，还好礼堂的大门打开了，打断了罗西的计划。

博古医生大步流星走上了主席台，一位年轻的女医生站在他身边。女医生的头发紧紧盘在脑后，神情严肃，额头中央有一个橙色光点。柳嘉感觉这个人很不好对付。

"祁莲秘书，3 号到 99 号实验体，都到齐了吗？"博古医生看着台下仍在叽叽喳喳吵闹的参选者，眉头紧皱。

祁莲秘书环视了一下礼堂，额头上的橙光快速闪烁。

"6号实验体正在出任务，无法赶到。因和4号实验体发生冲突，63号实验体刚才已经退出了狩梦人试炼。候补的100号实验体马上就到。"她说着，轻轻舒了口气，"这群孩子没像第一代狩梦人选拔时那样，把整幢房子都给炸掉，已经实属难得了……"

博古医生看了一眼独自站在窗边的戚梦萦，以及人群中的柳嘉和罗西，轻轻地吸了一口气，赞同地点了点头。

砰！

礼堂的门被人用力推开，一个喘着粗气的身影逆着光站在门口。他的身后还跟着两名穿白色研究制服的工作人员。

"易天爵?!"柳嘉不敢相信地大叫出声，感到又惊又喜。整个礼堂的人都好奇地来回打量起柳嘉和易天爵。

易天爵闻声望去，当他在人群中看见柳嘉时，脸上同样露出无法置信的表情："大话精?!"

"你说的那位易天爵大哥，原来是个替补的。"罗西不屑地扬起眉毛。

"但我认为他很强。"柳嘉不高兴地说。

罗西不以为然地耸耸肩膀。

柳嘉看见易天爵在一张文件上签了个字，然后大步流星走了过来。

"好了，现在全员到齐。"博古医生清了清嗓子，"各位，欢迎你们来参加二代狩梦人的试炼。我是主考官，博古医生。这位是助理考官，祁莲秘书。"博古医生示意了一下旁边的女医生，"大家决定报名参加试炼前，相信已经有龙巢基地的工作人员向你们讲解过关于狩梦人的职责，以及第一代狩梦人的辉煌历史。我很期待看到二代狩梦人的表现……"

博古医生在主席台上说着开场词。易天爵已经走到柳嘉旁边，有些不爽地抱起了胳膊。

"喂，大话精，没想到你的潜力居然和我相当，也被选上了替补实验体。"

"那个……我……"柳嘉支支吾吾，不知道该怎么向易天爵解释。

"他是3号实验体，只有你是替补。"罗西在一旁毫不留情地说出真相。

柳嘉尴尬地点了点头。

易天爵满脸涨得通红，瞪着一脸鄙夷的罗西："小子，你是几号？"

"我？4号。"罗西轻笑一声。

"切，你的排名不也一样在大话精的后面？五十步笑一百步而已。"易天爵叉着腰冷笑。

罗西的眉毛动了动。柳嘉感受到一股怒气正在罗西的头顶酝酿。

正当柳嘉不知所措之时，戚梦萦悄然走了过来。

"安静。"她低声说，"博古医生要宣布考题了。有矛盾你们可以在试炼中再较量。"

"你、你怎么也在？"易天爵看见戚梦萦，显然吓了一跳，"你、你是几号？"

戚梦萦淡淡地撇了易天爵一眼，懒得回答。

"戚梦萦同学是7号，"柳嘉小声说，"而且她是永眠墓地戚梦来院长的孙女……"

易天爵大受打击，几乎石化在原地。他气呼呼地咬紧牙，低声自言自语："哼，管他几号。刚才我已经签过生死状，今天一定要通过试炼。"

"你第一个被淘汰的概率，78.673%。"罗西同情地说。

"你说什么？"易天爵低吼着捏紧了拳头。

"嘘——嘘——"柳嘉拼命地做着嘘声，因为他发觉博古医生朝他们投来了极其严厉的目光。

"刚才已经说明了本次试炼的注意事项，我希望在场的各位都已经记住了。"博古医生严肃地说，"接下来，宣布本次狩梦人试炼的考题——"

"博古也中幻象病毒了？真啰唆。"罗西的耐心到达极限，穿过人群朝礼堂前方的一个角落走去。

柳嘉暗暗松了口气。

他和罗西单独相处就已经够累的了，现在还要加上易天爵……根本承受不来！但有戚梦萦在，他还是很开心的。

"本次试炼对大家的考验非常简单。"博古医生继续介绍说，"只要在一个小时内到达终点——月灵顶，就算通过了试炼。月灵顶就在——"

嘀——礼堂里突然响起一个刺耳的响声。

所有人捂住被刺疼的耳朵，恼火地朝声音传来的方向看去。

只见罗西正站在主席台旁边的一个控制台前，一只手插在裤兜里，另一只手正点在一个红色按钮上。柳嘉脑袋发蒙，极为不好的预感终于应验了。

"罗西——别碰！"祁莲秘书惊叫出声。

"各位，"罗西的脸上露出一个小恶魔般的坏笑，"试炼正式开始——祝做个好梦。"

说完，他用力摁下按钮。

轰隆隆隆——礼堂里发出震耳欲聋的闷响，整个地板竟然被分解成了一块块碎片，随后飞速向两边滑开。

柳嘉还没有回过神来，双脚便已经失去了支撑点，和周围惊声尖叫的人群一起向礼堂下方的黑暗中跌落下去……

第四幕 结束

**ACT**
# 05

大话精，弱也要弱得有个限度.

抱,抱歉。

第五幕

# 地下狩梦试炼

扑通扑通！

柳嘉跌入了冰冷的水中，身体在飞速下沉。

他下意识地挥舞四肢划水，想要游到水面上，然而水流在激烈涌动，他完全控制不了自己游动的方向，慌乱中呛了好几大口水。

就在这时，柳嘉感觉后衣领被什么紧紧地揪住，用力向上提了起来。

哗啦一声，他终于冲出了水面，大口大口地呼吸空气。

而当他冷静下来后，发现自己正站在水中，水面只有齐腰深而已。易天爵正在旁边拎着他的衣领，一脸鄙视地瞪着他。戚梦

萦则郁闷地查看自己湿透的衣服。其他试炼者们纷纷从水中站起来大声抱怨，犹如一大锅翻滚的水饺。而肇事者罗西却早已不见了人影。

柳嘉环顾四周，发现这里是一条狭长的河道，清冷的河水从黑暗无光的上游，流过被礼堂灯光照亮的这一小段河道，继续涌向深不可测的另一侧黑暗中……

这时，礼堂的地板碎片从两侧伸展出，并快速合拢。博古医生愠怒的声音从河道上方传来。

"各位，试炼正式开始。请大家在一个小时内赶到月灵顶，我和祁莲秘书会在那里等候你们的到来。"

砰！随着地板合拢时发出来的闷响，柳嘉和其他的试炼者们彻底陷入黑暗中。

四周响起一阵阵嘈杂的议论声，以及在水流中行走时发出的哗哗声。

"那个死鱼眼，混球……"易天爵低声怒骂。

"月灵顶应该往哪儿走？"柳嘉迷茫地看看伸手不见五指的周围，现在他连左右都已经分不清楚了。

"既然是山顶，那必定是在这水流的上游。"戚梦萦轻声说，"所以应该逆流而上。"

柳嘉闭上眼睛，静下心来细细感觉水流的方向。

很快，他睁开眼朝着左边望去："水的上游，在那边！"戚梦萦转过身。柳嘉正要和她一起逆着水流往前走，突然发现麻赛和他的两个小伙伴正在抓耳挠腮。他们的个头矮小，水流几

乎没过了胸口。

"麻赛！往这边走——月灵顶在上游！"柳嘉大声说，朝麻赛挥了挥手。

小麻赛眼睛一亮，叫上他的小伙伴们吃力地朝柳嘉手指的方向走去。

"柳嘉哥！谢谢你！"

柳嘉笑着朝他们挥了挥手。

这时，其余大部分试炼者也朝这个方向走去了。

柳嘉看见，苍空越和陌雪璃很有默契地朝前走着，但彼此却又互不理睬，似乎正在怄气。藤星衣和春河源吵吵闹闹，他们的声音过了好一会儿都还能听见。那位浑身雪白的少女，亦步亦趋地跟在动作敏捷的飞萤身后……

"大话精，你为什么告诉其他人去这个方向？以为是春游吗？"易天爵抱着胳膊问。

"我知道这是比赛，"柳嘉噘着嘴回答，"但万一有人走错了方向，遇到危险该怎么办呢？成为狩梦人，不就是为了帮助大家吗？"

易天爵酷酷地哼了哼："有点儿道理。你和刚才那个灾星不同。"

"心存善意并不能帮你通过这次试炼。"戚梦萦回头看了柳嘉一眼，"前面还有很长的路要走。"

她轻轻抬起一只手臂，翻转手心，一团火焰犹如绽放的红莲在她手心中轻轻跃动，照亮了周围的黑暗。

柳嘉和易天爵吃惊地看着戚梦萦，被红莲之火照耀着的她，

犹如从古老画卷中走出来的神女般神秘而美丽。

戚梦萦引领着他们，朝着暗河的上游走去。红莲之火溢出来的火光，犹如一片片燃烧着的花瓣，轻盈地落在黑暗的水面上。

柳嘉看得直出神，但也发现，那团红莲火正随着"花瓣"的飘落，变得越来越弱小……

渐渐地，柳嘉感觉周围的人似乎越来越少了。

起初，他们还能听见试炼者们吵吵闹闹的声音，如今几乎没有了声响。

戚梦萦用红莲火照了一下河道两边的岩壁，柳嘉发现岩壁上居然还有一些洞口，通往其他的方向。

他们又往前行走了一段距离，戚梦萦的红莲火只剩下一团小火光了。就在这时，一阵阵惨叫声从周围的小洞口里传出来，在河道里盘旋回响，柳嘉感到心惊胆战，毛骨悚然。

不仅如此，他发觉一个惊慌失措的呼救声有些耳熟……好像是麻赛的声音！

"戚梦萦，易天爵！是那个小朋友！他有危险！"柳嘉焦急地说。

"我们已经快到河道的出口了。"戚梦萦眺望了一下前方。

"可是……"柳嘉听着洞中不断传出的呼救声，最后一咬牙，"我过去看看，马上就回来！"

柳嘉转身朝岔路走去，没想到易天爵毫不犹豫地跟了过来。

"哼！"易天爵看见柳嘉惊讶的目光，冷冷地用手叉腰，"我决不允许任何人或是怪物，在我面前伤害无辜的小孩。"

柳嘉回想起他曾在尖叫墙那里看见过，易天爵对着年幼的表弟痛哭流涕的幻象画面……他认同地用力点了点头。

噗——戚梦萦的红莲之火彻底熄灭了，黑暗中传来了她轻声的叹息。

"既然计划已经被打乱了，那就过去看看吧！"

他们三人一同走进了旁边的洞口中。这里的水流相对于主河道徐缓许多，岩壁上嵌着一些奇怪的小石子，发出微弱的幽蓝色光亮。

没走多远，他们便看见有一个人正背对着站在前方的水流中央，挡住了他们前行的路。

柳嘉一眼便认出了这个身影——罗西！

易天爵突然伸展开手臂，将柳嘉和戚梦萦拦住，不让他们继续往前走。

柳嘉借着岩壁上那些小石子的亮光，发现在罗西周围有不少人瑟瑟发抖地靠在岩壁上。他们的头发、脸还有身体上，全都结满了发光的蓝色冰霜！

柳嘉这才明白，岩壁上那些发光的小石子，也是因为表面凝结了冰霜。

麻赛和他的两个小伙伴也在旁边，他们身上虽然没有冰霜，却都战战兢兢地缩成一团，看起来受到了极大的惊吓。

一个男孩仍然在冰霜的寒冷中保持着清醒，气急败坏地与罗西对峙着："罗西！你挡在这里，是不是因为前面就是通往月灵顶的出口？别以为你是 4 号实验体就可以为所欲为！让开！我们要从这里过去！"

"一群蠢蛋。"罗西冷哼一声，他的手心里竟升腾起一缕冰蓝色的雾！那一缕冰雾仿佛有生命一般，在他手心上方环绕盘旋，发出迷人却寒冷刺骨的光亮："既然喜欢送死，索性给我解解闷。"

男生大叫一声朝罗西冲了过来。罗西轻轻托起手中的冰雾，正要朝男生释放过去，一团黑黝黝的东西突然飞了过来，落在他的头顶上，发出呱呱的叫声。

"住手！"柳嘉大声呵斥，紧张得气喘吁吁。

罗西将那团黑乎乎的东西从头顶拿下来，发现竟然是一只大蟾蜍。趁着罗西分神的间隙，那个男生飞快冲进了他身后的河道中。

"切，丑死了。"罗西郁闷地一抬手，将蟾蜍扔进了河水里。接着，他抬起头，望向柳嘉的目光比冰雾更加寒冷。

"真不错，敢对我出手的人可不多。"

柳嘉害怕地吞咽了口唾沫。他这才回想起来，自己刚才一时头脑发热招惹的这个家伙，有多么可怕。

易天爵在一旁用力攥起了拳头："我从刚才就已经看你很不顺眼。没想到你不但阴险，挡住其他人的去路，还对这群小鬼下手。既然是试炼，我们就好好来比画一下！"

"和你？"罗西轻鄙地耸了耸肩膀，"我可没兴趣。"

易天爵气得咬牙切齿，浑身发颤。

"等、等一下……"麻赛终于清醒了过来，发出颤巍巍的声音，"柳嘉哥，不、不能进去！里面有危险……罗西哥才不让我们闯进去。"

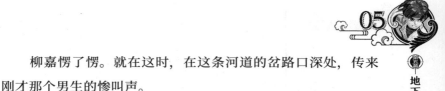

柳嘉愣了愣。就在这时，在这条河道的岔路口深处，传来刚才那个男生的惨叫声。

很快地，那个男生惊慌失措地拼命划着水，连游带跑地尖叫着逃了回来。在他的身后，水面被一个像利刃般的物体划开，那个"利刃"正紧紧地追赶着男生，并且朝他们的方向游动了过来！

"那是什么？"柳嘉疑惑地问。

"当心！"戚梦萦低声说。易天爵也已经觉察到危险，做出防卫的姿态。

哗啦啦啦——就在这时，水面发出一声闷响，一条几乎有鲨鱼大小的怪鱼跃出了水面！它浑身长着青灰色鳞片，头看起来像蜥蜴，但是长着蟾蜍的眼睛，橙红色的眼球上，瞳孔眯成了一条细缝，张大的嘴里，尖牙利齿错乱无序。

"救命——"男生惊恐万状地大叫。

柳嘉眼睁睁地看着怪鱼一口咬住了他。紧接着，男生化作一道白光，消失不见了……

"恭喜，被淘汰。"罗西发出一声冷笑。

柳嘉这才幡然明白，罗西阻止麻赛和其他人继续往前走，是因为怪鱼。

"别用那种恶心的眼神看我。"罗西很不高兴地瞪着柳嘉，"我可不是你们这些蠢蛋的救世主，我只是不希望你们弄坏我的新玩具。"

怪鱼再次张大嘴，朝罗西扑咬过去。

然而罗西甚至连正眼都没有看它，只是抬起一只手，将在掌心中缭绕的冰雾朝它释放。怪鱼触碰到冰雾，顿时就像中了定身术一样，浑身僵硬地坠入了水中。但很快，它又重新游动起来，并且变得比刚才更加狂暴。

柳嘉已经吓得两脚发软。易天爵也惊讶极了，但仍然死死捏着拳头，反而往前走了一步。

怪鱼见罗西不好对付，于是用力扭动身体，朝柳嘉和易天爵游了过来！

戚梦萦的手心里重新绽放开一朵火莲花。

怪鱼再次跃出水面时，戚梦萦手中的火莲花飞了出去，正好击中怪鱼的眼球。怪鱼尖叫着钻回水里，痛苦地扑腾翻滚，渐渐地没有了声响。

"有点儿意思。"罗西对戚梦萦的火莲花相当感兴趣。

柳嘉心有余悸地望着恢复平静的水面："怪鱼已经被消灭了吗……"他正想要长长地舒一口气，忽然间，那条怪鱼竟跃出水面，暴怒地朝戚梦萦咬了过去！

戚梦萦来不及反应，被怪鱼一口咬住了左边的肩膀。

不好！柳嘉在心里大喊。他看见戚梦萦的身体正在渐渐地化作白光，盘踞在他心里的害怕与恐惧骤然消失不见了，只剩下一股浓浓的怒气如黑雾般挤占了他的身心与大脑。

柳嘉奋不顾身地朝怪鱼扑了过去，冰冷的黑雾从他的皮肤下喷涌而出，犹如裹着黑色斗篷的幽灵！

怪鱼在柳嘉的攻击下发出一声惨绝人寰的尖叫声，咬住戚梦萦一起冲入水中。而令柳嘉惊异的是，当黑雾触碰到戚梦萦时，

戚梦萦也如同窒息般痛苦地皱紧了眉头。

这是怎么回事？柳嘉焦急不堪。

他突然想起，在幻象或是噩梦中，他也曾经看到过这黑雾，那些幻象都会因为冰冷黑雾发出惨叫……原来，这些黑雾竟然来自他的体内，而且……很危险。

柳嘉的心乱成一团，但现在来不及想太多。眼看怪鱼咬着戚梦萦朝远处游去，他潜入水中，飞快地朝怪鱼和戚梦萦游了过去，心里此时只剩下一个念头——一定要救回戚梦萦！

黑雾再次从他的身体里喷涌而出，这次如温暖丝棉一般轻轻地包裹住了他。柳嘉突然感觉到身体如同空气一般轻盈。他很快便追上了怪鱼，一把抓住戚梦萦的手臂，黑雾迅速将她也包裹了起来，二人一起隐匿在了黑雾里，消失在了怪鱼和其他人的视线中。

怪鱼见嘴里突然空落落的，不知道发生了什么，气急败坏

地摇着尾巴游走了。

柳嘉感觉自己的体能已经到达了极限，拉着戚梦萦一起游上水面，黑雾瞬间消散不见。

柳嘉疲惫不堪地大口喘着粗气。

戚梦萦惊魂未定，惊讶地打量着柳嘉。易天爵目睹了刚才的一切，难以置信地看着在学校里吊车尾的大话精，目光中有一丝迷茫。

"柳嘉哥好厉害！不愧是3号实验体！"麻赛兴奋得满脸通红，大喊大叫着。

旁边的小胖子和扎双马尾的小女孩面面相觑。

罗西凝视着柳嘉，饶有深意地吹了声口哨："原来如此！"

柳嘉又惊又喜地看着自己的双手，回想着刚才发生的一切——看来黑雾并不是只有危险和腐蚀性，它也能保护自己和其他人！

柳嘉对自己多了一些信心。

稍稍调整好状态，一行人继续朝洞穴的深处走去。

刚才那条怪鱼逃走时，朝主河道的方向游去了。他们如果回到那里，多半还会再次遭遇危险。眼下只能在这条通道中，一条夜路走到黑了。

柳嘉跟随其他人蹚着水流往前行，他一直在回想和思考着刚才那团黑雾。

为什么他会具备这样的能量呢？而且戚梦萦有红莲火，罗西有冰雾……是因为他们都是实验体，所以才会具备这些特殊的能力吗？柳嘉感到激动和兴奋，但同时也隐隐地担忧，因为召唤出来的黑雾在最初攻击了戚梦萦，甚至还有他自己……

幸运的是，这条通道的尽头连接着主河道。

不仅仅是他们，其他那些误入了其他洞口的试炼者们，也纷纷返回到了主河道上。此时，他们全都站在了一道高高的铁栅栏前——这里便是河道的尽头。

第五幕 结束

这黑雾到底是什么？

梦域空间
与龙巢基地的
狩梦试炼

ACT
06

第六幕

# 黑暗迷宫甬道

　　柳嘉又一次站回到变得拥挤的人群中。

　　他的视线被前方那些身材高大的试炼者遮挡住，只能听见不时传来的叫喊或是铁门开合的声音，却不知道发生了什么事情。

　　人群开始变得混乱，有些人向后退，有些人向前挤。

　　柳嘉被那些后退的人推挤到了最前面，人群将他和戚梦萦、易天爵、罗西隔离开来。

　　直到这时候，柳嘉才看清楚，一道雕花的铁栅栏挡在河道的出口处，也拦住了所有人的去路。

　　而在铁栅栏之后，目测是一条黑漆漆的甬道。河道的水被

一股看不见的力量阻拦在铁栅栏前，无论水流如何激烈涌动，栅栏后面的甬道都没有被沾湿半点。

试炼者们看着铁栅栏都非常迟疑。

柳嘉并不知道发生了什么事，便好奇地伸出手去推铁栅栏。

就在他的手碰触到栅栏的瞬间，围绕他的黑暗突然消散了——漆黑的河道、冰冷的栅栏，以及熙熙攘攘的人群，全都消失不见了。


他的四周变成了一望无涯的沙漠，此刻黄沙正飞扬，烈日灼烧着。

当他低下头时，柳嘉发现自己竟然不再是人类的模样，而是变成了一只干瘦的乌鸦！他挥动了一下翅膀，只觉沉重得根本抬不起来，踩在黄沙中的双脚也仿佛失去了知觉。

更难受的是他的嗓子，被狂风灌满了沙子，连呼吸都觉得困难……好渴，他需要喝水。如果可以的话，他现在甚至愿意用最低声下气的语调，去向崔牛牛讨一杯冰可乐……

柳嘉猜想，多半是他强烈的意念起了作用，一个玻璃瓶突然出现在了他的旁边，而且里面装着半瓶水！柳嘉欣喜若狂，可他的双手已经变成了翅膀，根本没有办法将玻璃瓶拿起来。而当他用嘴去喝水时，瓶口实在太小，水又太浅，根本就够不着。

柳嘉焦虑地围着水瓶绕来绕去，感觉口渴得更加厉害了。就在这时，他发现远处的沙坡上散落着一颗颗零星的小石子！

柳嘉欣喜若狂，用他最快的速度奔跑了过去，将小石子一颗一颗地衔起来扔进玻璃瓶中。水渐渐地溢了上来，虽然被石头吸收了不少，但剩下的已经够柳嘉喝了。他畅饮着冰凉甜美的水，感觉这是他人生中最幸福的时刻之一。

忽然间，柳嘉眼角的余光瞥见了另一只乌鸦。它就站在不远处，愁眉苦脸地看着面前装了半瓶水的玻璃瓶。

只是它没有柳嘉细心，没注意到周围的小石子。于是，它笨拙地将脚边的细沙扔进玻璃瓶中，结果水分一瞬间便被沙子吸干了。

那只乌鸦难过地抽噎着，奄奄一息地栽倒在了沙漠上。

柳嘉担忧地看着那只乌鸦，然后看了看自己还剩下一半的水，舔了一下仍然干燥的嘴巴。他挣扎了几秒，最后还是走了过去，将那只乌鸦扶到了自己的水瓶旁，把剩下的水都给它喝了下去。

那只乌鸦恢复了些许精神，困惑地看着旁边的柳嘉："你明明自己也很渴，为什么要帮我呢？"

"因为你比我更需要这些水。"柳嘉舔了舔干燥的嘴巴回答，"爸爸曾经说过，助人为快乐之本。"

"谢谢你……"那只乌鸦感激地说。

渐渐地，周围的沙漠就像湖面的倒影，轻轻地摇晃荡漾起来。

紧接着，柳嘉重新回到了一片昏暗的光线中，他依旧站在冰冷的河水里，面对着雕花的铁栅栏。

刚才的一切只是一个短暂的幻象，铁栅栏就是触发幻象的机关。而在他的旁边，那位浑身雪白的女孩正站在那里。柳嘉

记得，她是 27 号实验体——藏珑。

铁栅栏缓缓打开，看来他俩都通过了刚才的幻象考验。

"刚才谢谢你，3 号实验体。希望能在终点见到你。"藏珑感激地朝柳嘉微笑，先一步走出河道，步入了前方甬道的黑暗中。铁栅栏在她身后重新关闭了，发出砰的一声闷响。

藏珑成功通过幻象考验，显然激励了其他人。

大家于是争先恐后地伸出手指，去触碰铁栅栏。不少人顺利地通过了考验，但也有很多人化成一道白光消失不见了。

柳嘉很高兴自己刚才帮助了其他人，也有点儿担心仍在栅栏旁的戚梦萦、易天爵，还有……罗西。

不知道为什么，柳嘉的内心不自觉地就对他们在意起来。

所以，他并没有继续往前走，而是选择先停下来。

轮到戚梦萦时，她的手指几乎刚碰到铁栅栏，栅栏便自动打开了。

而罗西才刚刚站到栅栏前，铁栅栏便用力弹开，就像生怕被他触碰到似的……

戚梦萦和罗西也先后走进了黑暗甬道，各自离开了。

易天爵仍然站在铁栅栏前，他看起来有些紧张。而当他伸出手一把握紧栅栏后，却久久站在栅栏前眉头紧皱。

柳嘉惊讶地发现，易天爵握住栅栏的手竟也如之前戚梦萦一般，渐渐变透明。他忍不住担忧地上前一步，想拉住浑然不觉的易天爵。结果，他刚碰触到易天爵，面前视线就旋转扭曲，再度清晰时却发现他竟看到了易天爵正站在一个由扑克构成的

几个扑克牌造型的玩具兵，正将贸然闯入的易天爵拎在半空中："想要通过这里，先回答我们的问题！"

易天爵在半空中奋力挣扎，终于摆脱扑克兵跌落在地，但紧接着扑克兵落下高举着的木头武器，压住了他。他满脸憋得通红，显然对问题的答案丝毫没有头绪。

柳嘉沉思了片刻，突然灵机一动，想到了问题的谜底！他的身体里喷涌出黑雾，偷偷地潜到易天爵身边，在他耳边悄悄地说出了提示。

易天爵目光一凝，恍然大悟，扬起了一边嘴角："哼，雕虫小技！"

他根据提示将悬浮在铁栅栏上的扑克牌的位置重新摆放后，铁栅栏砰的一声弹开了，易天爵终于通过了考验，走入黑暗甬道。

包裹住柳嘉的黑雾渐渐散去，他在栅栏边重新缓缓现身。他再无担忧，开心地穿过了栅栏，步入黑暗甬道。

没想到他刚进入，就被易天爵一把搂住脖子拦了下来。

易天爵眉头紧皱地打量柳嘉，低声说："刚才告诉我答案的，是你？"

"咳咳，不用客气，小意思。"柳嘉笑着咳了几声，伸出手想拍拍易天爵的肩膀，却不料易天爵甩开了他，冷冷地瞪了他一眼。

"靠自己的实力，我也能通过试炼。"他说完，大步流星地朝前走去。

柳嘉的手尴尬地悬在半空中，最后只好转而抓了抓自己的头。看来易天爵不但脾气暴躁，还挺好面子啊……

柳嘉和易天爵一前一后地在黑暗甬道深处朝前走。

甬道两侧是潮湿的石墙，天花板隐没在了黑暗中。

柳嘉从水珠滴落在他头顶的重量感判断，这条甬道至少有两层楼高。

不仅如此，甬道里还有许多的岔路口，因为在柳嘉进入甬道前，已经有不少其他的参赛者进入，但他和易天爵却没有遇见一个人影。

越往深处走，甬道的路况越复杂。

其中一位参赛者几分钟前从横在他们前面的一条路经过，几分钟后，他却出现在了他们的身后！柳嘉断定，那个出现了两次的参赛者并不是幻象，那么就只有一种可能——这个黑暗甬道，是一个迷宫。

迷宫里每一分钟都在变暗，走到最后，几乎什么都看不见了……

突然，易天爵停下了脚步，警惕地环视四周。

"大话精，你有没有感觉，我们一直在同一个地方绕圈？"

柳嘉紧张地点了点头。

他一直有种感觉，危险就潜伏在他和易天爵身边。

柳嘉冥思苦想走出迷宫的方法，可是他们什么都看不见，别说走出迷宫，根本就是寸步难行！距离试炼结束的时间，却已经越来越接近了。

呼——

一朵火莲花在黑暗中悄然绽放，映照着一张美丽却冷漠的脸。

"戚梦萦！"柳嘉欣喜地大喊，易天爵却不以为然地撇了撇嘴。

"我只是想谢谢你，刚才在河道帮我赶走怪鱼。"戚梦萦淡淡地说。

咻——口哨声响起，罗西从旁边一个黑暗的路口走了出来。他坏笑着打量柳嘉和易天爵，就像一个傲慢的小恶魔："巧得很，我是来看大块头接下来怎么出丑。"

罗西举着一根手指在半空中摇晃，手指上绕着一团发光的蓝色冰雾，看上去就像一根小小的棉花糖。

"可恶的灾星小子——"

易天爵气呼呼地挽起衣袖，准备上前教训罗西。

柳嘉正要阻止易天爵，突然，大家都感觉到了身后的巨大震动！

刚才在河道里连番遭遇怪鱼的突袭，让他们有些杯弓蛇影，所有人立刻做好了防卫的动作。

可万万没想到的是，一个满脸雀斑的男孩从右边一条岔道狂奔出来。他神色仓皇地大声尖叫，跟在他身后的竟是一头五六米高的巨兽，看上去像一头远古凶暴恐龙！

"救、救我！"雀斑男孩大声哭喊。

柳嘉正想上前帮忙，恐龙却已经把男孩撞飞了，然后高高地仰起头。男孩在半空中化作一道白光消失了……恐龙得意地高声嘶鸣，也渐渐隐匿在黑暗中。

"那是黑暗甬道中的幻象，刚才我已经碰到了不少。"戚梦

萦淡淡地说。

"无聊，制造这些幻象的人可真没想象力。"罗西很不以为然地耸了耸肩膀，"恐龙、食人鱼、木乃伊……三年前我就已经玩腻了，筑梦师就没有点儿新鲜货吗？"

柳嘉像看怪物一样望着罗西，很难想象他会被什么东西吓到。

"走吧！"戚梦萦提醒所有人，"时间已经不多了。"

"这么多路口，要往哪边走？"易天爵暴躁地打量四周，"如果再遇见两条怪鱼、几头恐龙，时间就被耗光了。"

柳嘉也担心极了。他可不想再遇到可怕的怪鱼和恐龙，更不想错过试炼的结束时间。

低下头沉思了片刻后，柳嘉的眼睛突然亮了起来。

"风！我爸爸说过，水手如果在海洋迷路，就去感觉风的方向！"

"有趣。"罗西轻笑了一声，"那就看看，风要把我们带去哪里。"他轻轻晃动了一下手指，缠绕在手指上的蓝色冰雾如一缕透明的丝带，在黑暗中御风前行，朝着他们左边的路口飞去。

罗西跟着冰雾悠哉地往前走。

柳嘉深吸一口气，和戚梦萦、易天爵一起跟了过去。他们在冰雾的引导和火莲花的照耀下，经过了一个又一个岔路口。

柳嘉吃惊地看见，有不少试炼者陷入在那些岔路的各种幻象中。

有一位自认风流倜傥的参赛者，在和一个美艳的女孩聊天。

他极力地讨好着美丽的女孩，却完全没有注意到，女孩身

后那条正摇晃着的毛茸茸的尾巴……柳嘉离开那个岔路口没多远，便听见了那名试炼者的惨叫声……他感到莫名地悲凉。

紧接着，他看见一位试炼者躺在漫山遍野的财宝幻象上，正兴奋地抛撒着身边的金币，高声欢呼……可柳嘉一眼便能看出来，在那名试炼者身下的根本不是财宝，而是尖利的荆棘，他却浑然不觉。

还有一位试炼者坐在一张餐桌前大快朵颐。餐桌上不停地出现各种各样的美食，他不停地大口嚼着，但却越吃越饿。而柳嘉看到的真相是，他吃进肚子里的全都是食物残渣和饲料。

柳嘉还看到，一位试炼者陷入了一场凶险的战争幻象，还有一位试炼者正在兴奋地表演个人演唱……

忽然，当柳嘉经过一个岔路口时，意外看见了麻赛和他那个胖乎乎的小伙伴，正兴奋地坐在一台游戏街机前，沉迷地玩耍！旁边那个扎着双马尾的小女孩，生气地劝说他们离开，可麻赛和小胖子却无动于衷。

柳嘉想要走过去将麻赛从幻象中唤醒，戚梦萦却伸手把他拦了下来。

"这些幻象和怪鱼，和我们刚刚经历的试炼不同，它们是从这些试炼者的欲望中滋长出来的。"她轻声说，"他们被困在自己欲望的幻象里，只有亲自战胜欲望，才能通过试炼。"

柳嘉突然很好奇，戚梦萦刚才遭遇的都是些什么样的幻象？不过他感到更奇怪的是另一件事。

"我怎么没有遇见可怕的幻象呢？"柳嘉疑惑地问。

戚梦萦幽幽地望了他一眼。

"这个迷宫不就是你的幻象吗？在你心里，最害怕的是永远迷失在黑暗中吧……而且因为你，我们也进入了这个幻象里。"

柳嘉吃惊地左右张望。他万万没想到，从走进黑暗甬道的那一刻，便已经陷入对自己的考验！想要通过考验，就要走出这个黑暗甬道迷宫。

幸运的是，他刚才已经找到了走出迷宫的方法。更难得的，还有戚梦萦、易天爵、罗西（勉强也算吧），与他一起同行。

柳嘉忽然明白，如果他想要走出那片晦暗的生活，大概也需要如此吧……除了那一丝引领方向的风，还需要新朋友们的陪伴。

"有朋友的感觉，真好……"柳嘉喃喃自语。

没过多久，柳嘉一行人便顺利地走出了黑暗甬道迷宫。

他们的视野瞬间开阔起来。

此时他们已经走出地道，来到了地面上。

一座陡峭山峰突然出现在他们眼前，一段白色的石阶沿着这座山峰蜿蜒向上，几乎与地面成60°夹角，并与山顶一起隐没在黑暗的云层之中。

"好家伙，一个多蠢的人，才会设计出这种考验？"

罗西收起了那一丝冰雾，鞋底下冒出了两个弹簧模样的东西："我先走一步。和蠢蛋待太久，会被拉低智商的。"他说完，轻轻一蹬脚，竟然像兔子一样轻盈地跳上了石阶。

"喂？灾星小子，你是在说谁呢？"易天爵生气地咆哮着，

朝罗西追了过去。

戚梦萦将柔顺的长发绑成马尾，轻吸一口气，目光坚定地踏上了石阶。

柳嘉没有思考太多，跟在其他人身后往上爬去。

然而没过多久，柳嘉就意识到自己小看了这些石阶……很快，他就汗流浃背、筋疲力尽了。

更为可怕的是，这些长长的石阶根本就看不到头。这种未知给他带来了巨大的精神压力，令他时时刻刻都在想要不要马上停下脚步，脑海中有个声音在不停地呐喊："放弃吧……你已经很累了，停下来好好休息。没有通过这次试炼，也许还有下一次机会，没什么大不了……休息吧……好好休息……"

柳嘉的脚步变得越来越缓慢，最后终于停滞不前。他打算在石阶上坐下来，或者横躺着好好睡一觉。

"别停。"一个清冷的声音突然在他身前响起，令头脑昏沉的柳嘉顿时清醒了许多。他抬头看去，只见戚梦萦正站在距离他不远处的台阶上，回头看着他。

戚梦萦已经累得脸色发白了，额前的刘海早已经被汗水浸湿，然而她坚定的目光却丝毫没有动摇过。

"一旦在这里停下来，你就再也没办法继续前进了。"戚梦萦气喘吁吁地说，"感觉快坚持不下去的时候，就想一想你来这里的初心。"

柳嘉愣了愣，脑海里闪过了母亲躺在病床上的画面。他握紧胸口的帆船项链，疲惫的眼神里重新有了光彩。

柳嘉咬紧牙，抬起几乎失去知觉的双脚，继续一步一步地

朝上走——没错，他不可以在这里放弃。

他发过誓，要成为狩梦人，要保护母亲，要改变自己的命运！

"啊——"

柳嘉大喊一声，终于拖着比铅还要沉重的脚，迈上了最后一级台阶。

戚梦萦站在他身前大口喘着粗气。

而在不远处，易天爵和罗西仍在大眼瞪小眼地拌着嘴。

"试炼结束，来明德找我，你敢吗？"易天爵闷声问。

"找你？研究蠢蛋病毒吗？"罗西嚼着口香糖，藐视地看向他。

"你们……"

他们的精力真是旺盛到超乎常人，柳嘉羡慕地叹口气。

"大家做得很好。"就在这时，博古医生铿锵有力的声音响起。

柳嘉疲惫地抬起头，这才看清楚周围的环境。

此时他正在位于山顶的一个宽阔平台上，周围竖立着几根粗壮的白色罗马立柱，令这里显得庄严而又神秘。

博古医生和祁莲秘书站在平台的中央，等待着参赛者们一一到来。

"你们是最先抵达月灵顶的选手。"博古医生朝柳嘉露出会心的微笑。

柳嘉被汗水浸湿的脸上，笑容仿佛在闪闪发光。

戚梦萦的嘴角露出了淡淡的笑意。

"这种'四肢发达头脑简单'的试炼，赢了也没什么好骄傲

的。"罗西不屑地撇撇嘴。

"你这个作弊的小子，没资格说废话！"易天爵龇牙咧嘴地低吼。

月灵顶上变得吵吵闹闹。

没过多久，其他通过重重考验的试炼者们，也陆陆续续地到达了月灵顶。

柳嘉大致数了数，只剩下不到二十人……飞萤、藏珑、藤星衣和春河源，以及苍空越、陌雪璃……另外还有几个不知道姓名的试炼者。麻赛和他的小伙伴们并不在人群中。

柳嘉遗憾地叹了口气，猜想小麻赛多半沉迷于游戏，结果误了大事。

"终于到了！""累死了……""可以回家了吗？"

到达月灵顶的试炼者，全都劫后余生般倒在地上，大口呼吸着新鲜空气，大声欢呼着以示庆祝。

"各位，祝贺你们到达月灵顶。"

博古医生清了清嗓子，让所有人安静了下来："刚才在暗河中的食人鱼，考验的是你们的勇气。暗河尽头的幻象，考验了你们的智慧。而黑暗甬道中的幻象，来源于你们内心的欲望和恐惧，只有战胜它们才能通过考验。至于最后的这一段登上月灵顶的石阶，是对你们意志力极限的考验。要闯过这些关口，并不容易。我很高兴，你们都做到了。"

"那些化作白光消失的人呢？"柳嘉担忧地问。

"他们消失的白光，是我们设置的魔法影像。"祁莲秘书解释说，"实际上，他们都已经被工作人员安全地带离了考场。"

　　"第一个人消失的时候，我就已经看出来了。"罗西不以为然地耸耸肩膀，"折叠空间的雕虫小技，再过几年，我也有能力设置。"

　　"不过，"博古医生的声音变得低沉起来，严肃的目光扫视了一下所剩无几的试炼者，"试炼还没有结束——应该说，现在才算——正式开始。"

—— 第六幕 结束 ——

ACT
# 07

第七幕

 # 星海月蚀台

柳嘉再也动弹不了。

尽管听了博古医生的话之后，他挣扎着想要从地上爬起来继续参加试炼，可是身体已经完全没有了力气。

他气喘吁吁地仰望着月灵顶的上空，几千米高处就是地坑的湖面，湛蓝的湖水被引力波的磁力锁定，悬浮在半空中轻轻地涌动，一片浅浅的银蓝色水雾飘洒下来，犹如轻盈的纱帐笼罩着整个月灵顶。

一阵悠远的歌声若有若无地在空气中浮动……柳嘉躺在"纱帐"之中，感觉疲劳正在渐渐地消失。沉重的身体慢慢变得像羽毛一般轻盈……

没过多久，他被掏空了气力的身体重新充盈着蓬勃的力量。

不仅只有他，当柳嘉坐起身来环顾四周时，发现其他试炼者也都恢复了精力，神清气爽地站在月灵顶的各处，欣喜地等待试炼继续进行。

"月灵水雾疗程，能让实验体快速恢复体能……父亲的狩梦笔记中提到过，但没想到会这么奇妙。"戚梦萦站在柳嘉身旁，抬头仰望着天空中的湖水，轻声地呢喃。

博古医生走到了月灵顶的正中央，随后从地底升上来一个白色石台。石台的造型略有些像讲台，后方竖立着一面满月形状的巨大圆镜。

柳嘉目不转睛地看着镜子里的影像，那竟是一片浩瀚的宇宙，又如同神秘的星河。

繁复的星云在墨蓝色的宇宙中片片绽放。

"接下来，我们将进入最后的试炼。"博古医生神情严肃地说，"星海月蚀台将检测各位的潜能。只有精神能量强大且纯粹的人，才能拥有成为狩梦人的资格。同时，我们也会根据你们的精神能量，确定你们的分类——狩梦人、筑梦师、超梦者、噬梦客、领航员。每个类别都将拥有不同的使命。"

"希望你们不论被鉴定为哪个类别，都不要忘记自己，参加狩梦试炼的初衷。"博古医生最后满怀希冀地说道。

柳嘉感觉紧张极了，心脏剧烈跳动，快要喘不过气来。

就连一直在星海月蚀台附近转悠的罗西，也都安静了下来，静静地凝视着神秘的白色石台。

月灵顶上，实验体们都静悄悄的，没有人再议论说话。

只有一个戴眼镜的女孩口中念念有词，好像在背诵复杂的数学公式。还有人席地而坐，进入冥想状态，试图以此提升精神能量。

易天爵开始放松筋骨，恶狠狠的表情就像准备和白色的石台打一架！

戚梦萦从容淡定，好奇地凝视着石台上量子聚能镜中那团金色的星云。

这时，一直在月灵顶上空萦绕的歌声变得越来越响亮，一束明亮耀眼的银色月光，穿透湖水中隐藏的引力波聚能镜，向月灵顶洒落下来。

随着湖水微波轻轻地摇晃，月光犹如美丽而神秘的青纱帐，笼罩在整个月灵顶上。

不仅如此，三座高大的人形计算机沐浴着亮青色的月光，夹杂在激烈运转的机械齿轮声中，犹如天降神灵，最终耸立在星海月蚀台的周围。

月灵顶上迸发出一阵阵惊呼。

柳嘉也和周围人一样，震惊得目瞪口呆。

三座人形计算机都有十来米高，眼睛亮着银白色的辉光。

位于最中央的人形机器隐约是一位人首蛇身、头戴冠冕的年轻男子。左侧隐约是一位机器人女士，她同样有着蛇的身体，半月形的冠冕遮挡住了她的眼睛。最右边是一位机器巨人，他的长眉犹如龙须，雄壮的身躯仿佛能劈开天地。三座人形机器的神情无不慈爱而严肃，注视着月灵顶上的每一个实验体，仿

佛能看透人们的灵魂深处。

"这三座机器，难道是创世级计算机：伏羲、女娲和盘古？"戚梦萦目光迷离，有些吃惊地低语。

"大家不必惊讶。这三座智慧机器，都是量子科技的尖端造物。"

博古医生解释说："接下来，请各位依次登上星海月蚀台。量子聚能镜将检测各位的精神形态与能量强度。超级计算机将以此为据，做出最后的判断。"

柳嘉紧张得快要无法呼吸。

接下来的一切都交由计算机决定了吗？可如果这三座机器判定他没有潜力，或是精神能量不够优秀怎么办？柳嘉回想起，从身体里喷涌出来的黑雾攻击怪鱼和戚梦萦的画面，内心纠成了一团乱麻。

位于最中央的超级计算机——伏羲，轻轻吟诵古言，声音庄严而肃穆——

### 梦如

入梦，极昼、极夜、汲流、极上。

浮林，断竹、续竹、飞土、逐穴。

突如，贼来，焚如，死如，弃如。

破敌，或鼓、或罢、或泣、或歌。

忧生，乐死、悲欣、归泽、复如。

恢宏浩瀚的古谣声结束后，躁动的人群平静了下来。柳嘉感觉心灵像被洗涤了一般，没有一丝波澜，也没有任何喜忧，甚至也不再有任何的欲望。

他平静地看着石台上的量子聚能镜，镜中的墨蓝宇宙影像里，绽放了一朵红金色的星云。星云犹如绚烂的金色花朵，满天星辰在它周围闪耀着璀璨的光芒。

"我仰望白昼，白昼回应我潺潺泪水。我质问长夜，长夜给予我茫茫阴霾……"两行热泪从戚梦萦的眼角滑落。

柳嘉惊讶地看着她，虽然不理解这两句话的含义，却被深深地打动了。

戚梦萦缓缓地解释道："不知道怎么回事，脑海中突然浮现出这两句话……人生如梦，悲欣交集……"

罗西扬了扬眉，难得地若有所思起来。

易天爵就像在听外星语，疑惑地凑到柳嘉耳边问："她真的和我们是同龄人吗？"

"戚梦萦同学似乎很喜欢阅读和思考……"柳嘉回想起在那间神秘的小书店，第一次见到戚梦萦时的场景，一切都像梦中一般。

这时，作医生打扮的祁莲秘书朝前走了几步，手里拿着一本花名册。

"叫到名字的人，请站上星海月蚀台——林悦芯。"

"我？"一直在念念有词的女生吓了一跳，第一个战战兢兢地走上了石台。

"请拿起笔，标记出聚能镜中的重点——"女娲计算机温柔地提醒，"注意，笔尖不可离开镜面，同一根线条不可描绘两次。"

面对聚能镜，林悦芯拿起一支透明的玻璃笔，缓慢勾勒了几下，然后静静地凝视等待着。

这时，聚能镜之中星云旋转，斗转星移。

片刻之后，明亮的星辰在金红色的星云周围，连接成了一个飞鱼的形状。

"心鱼者。"一道温润如玉的声音响起，来自超级计算机，女娲。

**"北冥有鱼，其名为鲲**——或许，你更适合成为一名筑梦师。"

一个橙色的飞鱼印记出现在林悦芯的眉心，微微闪烁了几下便隐去不见了。这时，镜中聚拢的星辰如烟火般散去，星云也停止了转动。

博古医生点点头，林悦芯紧张得满脸通红，飞快地走下星海月蚀台，站到了一旁，似乎对测验的结果非常满意。

"装模作样。"罗西回过神来，不以为然地冷笑，"不过是几台高智能计算机，在检测基因序列而已。"

戚梦萦冷冷瞟了他一眼，继续专注地观看着星海月蚀台的检测。柳嘉赶紧朝旁边挪开几步，以免被罗西卷入突如其来的灾祸中。

"藤星衣。"祁莲秘书点名道。

笑容爽朗的那名男高中生走上了石台，柳嘉记得他成立了一家超感侦探社。镜中的星云再次转动，星辰移动，最后连接成了北斗七星的形状。

"**星汉灿烂，若出其里**。"超级计算机伏羲声音低沉地说，"你会成为一名超梦者，代号为'天枢·贪狼'。"

北斗七星的印记出现在了藤星衣的额头中央，然后消失不见了。柳嘉感到有些羡慕，如果能成为超梦者，做一个梦魇侦探，或许也不错。

"春河源。"

"**纂系悠远，溯源灵长**。"这次依然是伏羲计算机在低语，"你同样被检测为超梦者，代号为'瑶光·破军'。此外，你还拥有狱犬潜质……"

春河源似乎对这个结果非常满意，当犬牙印记在他额头上消失，他立刻大呼小叫地朝藤星衣走去，和他在半空中击掌，二人都露出兴奋的笑容。

此外，苍空越被分到了筑梦师，代号是"虚影武者"。而陌雪璃却成了领航员，代号"天袭行者"。

让柳嘉感到意外的是，那名说话口吃的男生小洛，竟然也通过了之前的试炼，并且被女娲计算机分配为筑梦师，而藏珑则成了领航员。

"易天爵！"

"哼，不足为奇。"易天爵双手插袋，在柳嘉紧张的目送中，若无其事地站上了星海月蚀台。

他眉头紧皱地打量着石台上的量子聚能镜，拿起笔，简单描了几个圈后，绚烂的星云开始缓缓旋转，耀眼的星辰飞速移动，最后聚拢成一只猴子的形状。

"戏猴者。"右边的盘古计算机声音嘹亮地大声说，"**人爵非贵，天爵唯尊**。你应该成为一名狩梦人。"

"戏猴者？哼！那就戏猴者吧！我要好好地戏弄戏弄，那些可恶的幻象病毒！"易天爵龇牙咧嘴地瞪着盘古计算机，最后郁闷地走下了石台。

柳嘉突然有了一点自信……既然易天爵能成为狩梦人，他多半也能做到吧……

"戚梦萦——"

柳嘉的心咯噔一下，他转过头，戚梦萦恰好从他身边走过去，柳嘉仿佛能听见戚梦萦怦怦的心跳声。

快步走上星海月蚀台的戚梦萦，先深吸一口气，然后目光坚定地站定。

当她拿起那支玻璃笔，柔顺的长发遮住了她半边脸颊。

柳嘉开始手心冒汗，感觉比自己参加考试还要紧张！

不一会儿，聚能镜中的星云变得更加耀眼，星辰在那片浩瀚的宇宙中飞速位移、组合、拼接……渐渐在聚能镜中组合成黑红交织的颜色，最后变成了一朵燃烧着的红莲花，当花瓣燃尽，一缕红雾飘散而过……

"**雪萦九折嶝，风卷万里波。**"镜中里的星辰散开了，女娲计算机轻声说，"你是当之无愧的狩梦人——智火者。"

戚梦萦如释重负地抬起了头，苍白的脸上露出淡淡的笑意。柳嘉望着戚梦萦自信地走下台阶，不自觉地露出了一个笑脸。

戚梦萦经过柳嘉身边时，淡淡地看了他一眼，似乎在用眼神向他表达鼓励，接着便站到距离人群稍远的地方去了。

柳嘉刚刚放下的心，又蹿到了嗓子眼。

"口哨，你很紧张吗？"突如其来的声音让柳嘉吓了一跳。

罗西半眯着眼睛，一副"什么都瞒不过我"的表情。

"飞萤。"

好在祁莲秘书打断了罗西的话。

叫到那名问题高中生时，柳嘉好奇地看了过去，而且他察觉到罗西也对飞萤相当地好奇。

只见镜中星辰飞转，最后竟组成了一个蝎子的形状。

"窗中度落叶，帘外隔飞萤。"伏羲计算机的声音变得阴沉，"魅影者，你将成为一名噬梦客。"

月灵顶上陷入一片死寂，所有人都看着眉心处亮起蝎子印记的飞萤。

"大家……怎么了？"柳嘉疑惑地看着神情诡异的众人。

"树木长得越高，根就会在泥土里扎得越深。"罗西眨着蓝灰色的眼睛，冲他调侃地笑了笑，"如果狩梦人是树木，那么噬梦客便是扎在泥土里的根——为了荣耀与胜利负重前行的一群可悲蠢蛋。"

柳嘉似懂非懂。这时，罗西不等祁莲秘书宣读下一个试炼者的名字，便朝星海月蚀台走去。

"罗西——"当祁莲秘书吃惊看向他时，罗西已经站在了星海月蚀台上。他不以为然地轻哼一声，将一只手放在了聚能镜的镜面上。

"我只会去我想去的地方，谁也阻止不了我。"

镜中的金色星云飞速旋转，星辰移动连接，最后在镜中汇聚成一匹傲立冰雪的白狼。

**"茕茕白兔，东走西顾。"** 几乎在雪狼形成的那一瞬间，伏羲计算机便高声宣布，"雪狼者，你属于狩梦人。"

罗西脸上骄傲的神情消失了，变成了困惑和恼火。

柳嘉猜想，他多半是想成为噬梦客，去感受泥土下的根系，究竟承受着怎样的黑暗压抑。

可万万没想到，命运却还是让他拥抱光明的树冠。

罗西气呼呼地走下星海月蚀台，站到了人群之外。

柳嘉万分不解地看着罗西，为什么想去当噬梦客呢？只是单纯地为了好玩和冒险吗？柳嘉隐隐地感觉到，自己的内心也在蠢蠢欲动。

"柳嘉——"

祁莲秘书终于报出了他的名字，柳嘉的脑子里嗡地一响，莫名地开始眷恋起脚下那一小块地板来。

但最终，柳嘉还是害怕地慢慢挪动双脚，短短的距离像是走了一万年。

"拿起笔，孩子。"博古医生提醒站在星海月蚀台上发愣的柳嘉，"以手写心即可。"

柳嘉看了看博古医生，小心翼翼地拿起了笔。

近看才能发现，这是一支精致绝伦的玻璃笔，透明的笔身里有一管细长的冰蓝色墨水，笔头上有一个精致的蓝色帆船，也是用玻璃做的。

星海月蚀台的聚能镜上，金色星云逐渐加速旋转，当星云变幻时，"忠""信""礼""义"等字符忽然一一在墨蓝宇宙中浮现，柳嘉想起之前女娲计算机的叮嘱。

忽然，一股神秘深邃的力量控制住了他的手腕。

柳嘉在一种缥缈的状态下，顺利地一笔到底，聚能镜四周环绕的"八德"字符也被一一点亮。

虽然他没有抬头，却能感觉到三座超级计算机，正对自己满意地点头微笑。

此时，量子聚能镜中的金色星云又开始转动起来，并且越转越快，星辰急速汇聚。然而渐渐地，金色的星云竟变成了黑洞，墨蓝宇宙逐步塌陷！

柳嘉惊讶地看着黑洞外的无数星辰，在量子聚能镜中恐惧地升腾、凝聚，变幻成各种奇怪的形状——长翅膀的飞蛇、飞翔的雄鹰、蜷成一团的穿山甲，甚至还有鸣叫的朱雀……

戚梦萦目瞪口呆地看着柳嘉，连博古医生都困惑极了，柳嘉更是不明白发生了什么，大脑中一片空白。

没过多久，当墨蓝宇宙持续塌陷直到完全消失不见。

各种星座终于连接成片，在量子聚能镜中演化成了一只不到巴掌大的八爪章鱼。章鱼印记吐出一团黑雾，飞到柳嘉额心处"噗"的一声消失了。

大厅里陷入了一阵死寂，三座超级计算机全都沉默不语。柳嘉惊慌地四处张望，猜不出即将到来的结果。

"三位智者，请问柳嘉的试炼结果如何？"博古医生询问。

"难以判断。"伏羲计算机苦恼地说。

"若有若无……"右边的盘古计算机喃喃自语。

"是毁灭还是希望？"女娲计算机忧愁地低语。

难道超级计算机检测的结果是，自己已经被淘汰了吗？柳嘉感觉浑身的血液都快凝固了。

片刻之后，中央的伏羲计算机发声了，电子音威严而低沉。

"柳嘉，你成为狩梦人的初心是什么？"

"救我妈妈……她被困在梦魇灾难里。"柳嘉坐在地上，仰望着面前的三座巨型计算机。

"如果仅仅是这个理由，我们无法让你通过。"伏羲计算机说。

"为什么？"柳嘉追问，心里很委屈地嘀咕，戚梦萦不也是因为这个理由参加试炼，并且通过的吗？

"你和戚梦萦，有着本质的不同。"女娲计算机说话了。

柳嘉惊讶地吸了一口气，难道这些计算机能分析出他的心声？他赶紧停下了心里对三座智慧机器的抱怨。

"戚梦萦站在星海月蚀台上时，我们能感觉到她拥有丰富的梦域空间知识，同样，我们也感觉到了易天爵对善恶是非的坚持，还有罗西探索未知领域的求知欲。"伏羲计算机继续说，"而你，柳嘉，你很聪明，资质也非常高。但你所经受的苦难，却可能会将你带向一条歧途。"

"梦域空间的时间流速是现实世界的二十倍。"盘古计算机接着说，"因此，你通过梦域空间得到的成长速度，也将是普通人的二十倍，无论是向善还是向恶。"

"意思是，我会变成坏人，对吗？"柳嘉有点生气地站了起来。

"孩子，这需要你直面初心，才能获得答案。"女娲计算机温柔地说。

"柳嘉，再问你一次。"伏羲计算机的声音低沉且有力，"你，究竟为什么要成为狩梦人？"

博古医生紧皱双眉，担心地看着柳嘉，他感觉事态好像在朝失控的方向发展，戚梦萦也紧张地握紧了双手。而此时罗西和易天爵也回到了月蚀台的附近，神情各异地看着他。

我为什么要做狩梦人？柳嘉低下头，陷入了沉思。

父亲爽朗的笑脸，渐渐浮现在他的脑海里。

"小嘉，爸爸明天出海去了。"

记忆中的傍晚，柳真夜和幼小的柳嘉一起坐在某处沙滩上，眺望着远处海平面尽头火红的夕阳。

"您什么时候回来？"小柳嘉踢打着沙滩边不断上涌的潮水。

"时间还不确定。"柳真夜一把拉住他的小胳膊，微笑着说。

小柳嘉失落地嘟起了嘴："爸爸，您不当船长好吗？船长总是要去很远的地方，可我想每天都和您在一起。"

柳真夜揉了揉柳嘉的头发，夕阳下，他的目光深沉而温柔。

"小嘉，等你成长为一名真正的男子汉，就会明白人生有很多挑战，我们都无法选择和逃避。虽然人只能活在现在，然而，未来终将会来——"

小柳嘉似懂非懂地看着柳

当然，这是男子汉之间的约定！

真夜。

"别着急，儿子。"柳真夜爽朗地笑了，"这个世界有许多未解之谜，在等待我们去解答。等你长大，也会走上这样一条求知的道路。那时，我希望你能记得，真相无比重要，然而揭示谜底的过程越精彩，最后的答案才越有意义。"

"那以后我也要像爸爸一样当船长，去寻找真相！"小柳嘉认真地说。

"哈哈哈！"柳真夜大笑起来，"我们一言为定！"

"当然，这是男子汉之间的约定！"

小柳嘉和柳真夜紧紧地拉钩。


父亲的笑声宛若潮水般在柳嘉的脑海里渐渐退去，他抬起湿润的双眼，倔强地环视着三座巨型智慧机器。

"我之所以想要成为狩梦人，是因为……

"最近这两天，所经历的事情，像一场瑰丽且宏大的梦……在梦里，我渴望获得帮助无辜弱小走出梦魇灾难的力量！

"我希望从此不再怨憎命运。遇到生活中熬不过去的困境时，相信自己、永不言弃。

"既然改变不了过去，那就付出努力，去改变未来。

"也许我想成为一颗星星，最后却只是一点萤火；我想成为一条河流，最后却只是一朵浪花；我想成为一棵大树，最后却只是一株小草……无论如何，我都要找到自己存在的意义，去发出属于自己的那一份光和热……

"我会竭尽所能去帮助那些有需要的、我深爱着的人们……

我相信梦境中含泪播种的人，梦醒后也能够含笑收获！

"因此，我想要成为狩梦人，去完成我和我追逐的梦！"

柳嘉握紧拳头，泪流满面。

整个大厅回响着柳嘉激昂的声音。

三台智慧机器发出了呜呜的低鸣声，仿佛在激烈地讨论。所有人都沉默地等待着最后的结果，不过柳嘉已经不在乎了。

仿佛过了一个世纪那么久，低鸣声终于停了下来。

"我们明白了。"伏羲计算机说，"柳嘉，我们无法拒绝一个想要探索和求知的人成为狩梦人。但是我们希望，当你了解了生活的真相之后，依然能够热爱它。"

"我想我会的。"柳嘉认真地点点头。

"八爪者——"盘古计算机突然大喊，"**呦呦鹿鸣，食野之苹。我有嘉宾，鼓瑟吹笙。**恭喜你成为狩梦人。"

柳嘉擦干眼泪，挺起胸膛。一股突如其来的责任和压力，开始在他的身体里奔涌膨胀，让他的背脊挺得直直的。

他抬起头，朝人群中的三个小伙伴，露出一个灿烂的笑容。

第七幕 结束

这制服真酷炫！

第八幕

# 第一次跃迁任务

一个星期后，龙巢基地——永眠墓地。

狩梦人壹号梦域训导室。

巨大的宇宙立体空间魔法影像，在训导室内不停地变幻。

演示台上，博古医生正细心地讲解着狩梦人与梦魇灾难的历史由来。

在古代东方，修道士们发现，月明的夜晚，如果使用特殊方法，静坐对着天空吐纳，人体可以接收到一种特殊的光波。

中央博物馆秘藏的《黄帝道经》描述，当人的思维与光波同步，便可沟通三十三重天地——此处可以理解为，接通人体

与梦域空间的网络信号……

西方的魔法师，将此称为冥想，而思维通过超时空引力波链接梦域空间，获取力量的行为，统称为魔网共鸣。借用超时空引力波共振传输力量……飘浮、聚火为球、释能结冰……各种驱使元素攻击普通人类精神世界或者直接作用于人体的方法，也就称之为魔法——摘自《魔法与超时空引力波》第 0707 号文献。

通过梦域空间与现实世界时间流逝速度倒推发现，月球离地球平均距离约为 38 万公里。太阳离地球平均距离约为 1.5 亿公里，两两相除，太阳到地球的距离约为月球到地球的 395 倍。太阳直径约为 138 万公里，月球直径约为 3400 公里，两两相除，太阳直径约为月球的 395 倍。

395 这个奇妙的数字，究竟意味着什么呢？

设想，太阳直径是月球的 395 倍，但太地距离约为月地距离的 395 倍，距离抵消了大小，使得在地球上空看来，这两个天体的圆面大小完全一样——显而易见，这并不是一个巧合。

研究发现，太阳是恒定能量传输中心，日夜给地球和月球充能，而月球接受充能后，定时发射超时空引力波信号给地球上的人类。

请大家关注课外魔法影像资料 MGVR——《破解月球 24 悬谜》。

即可得最新科研推论，太阳、地球、月球的存在与关系，

究竟是自然奇观，还是远古时代或是超文明外星人在地球上的杰作。

讲台下方，四张磁悬浮座椅上的"第二代狩梦人"，在经历前一周的兴奋后，现在已进入接受科学理论讲座的疲软期。

"哼，大话精，那天，你讲完大话，从月蚀台上下来的时候逊毙了。"

易天爵用磁悬浮座椅撞了一下坐在他前面的柳嘉。

"你走上去的时候，不也很紧张吗？"柳嘉不服气地说，可当他看见易天爵龇牙咧嘴的"黑脸"样时，就吓得赶紧缩回了脖子，控制座椅往前飘过去一点。

"他是蠢得可以。"罗西就坐在易天爵旁边，随手从口袋里掏出一包怪味豆，用力嚼碎一颗，阴阳怪气地说。

易天爵用身体控制座椅，用力撞了一下罗西。

"喂，小子，只有我可以说那家伙，但你不可以。"

戚梦紫在宽大的座椅中转过头，恨不得用冰冷的视线把三个男生全都冻成冰山，然后再敲碎。

博古医生说的话，她被男生们吵得一句都没有听清楚。

博古医生表情麻木地站在演示台后，看着训导室里兴奋打闹的"四小强"，他的脸一阵青一阵白，心情和身后那块"梦魇灾难预报地图"的巨幕投影一样死气沉沉。

这时，戚梦来院长出现在了训导室门口，还有祁莲秘书跟随在他身后。

"嚯，这里好久没有这么热闹了，不是吗？"戚梦来院长笑

着说。

博古医生无奈地叹了口气，目光中露出一丝迷茫。

"老院长……"祁莲秘书扫视了一眼仍在吵闹的四个小狩梦人，"您确定，这些熊孩子真的可以吗……当然，戚梦萦除外。"

戚梦来院长摸摸胡子，冲博古医生点点头，似乎一切都在他的掌握之中。

"这些孩子拥有成年人所没有的纯净的精神能量，比成年狩梦人更能抵御梦魇灾难中的诱惑和危险。我相信通过科学系统的训练之后，他们一定能成为比第一代更优秀的狩梦人。"

老院长话音未落，罗西便把一个奇怪的机械小虫扔到柳嘉的座椅里。博古医生和祁莲秘书对望了一眼，不置可否地摇了摇头。

"那么，我为各位狩梦人讲解接下来的安排。"博古医生深吸一口气，耐着性子说，"各位目前仍是狩梦人的预备役队员……"

讲台下，柳嘉的磁悬浮座椅在疯狂地震动——他惊恐地把机械小虫往后扔去，恰巧扔在了易天爵的头上。

"接下来你们将接受为期一年的狩梦人实战训练……"博古医生眉头紧皱地说。而易天爵用手指将机械小虫弹到了戚梦萦的头发里。

"一年集训结束后，你们将获得正式跃迁机会，解除梦魇灾难。"

"咔嚓——"戚梦萦毫不留情地一脚踩扁了机械小虫。罗西的眉毛惊悚地动了动，易天爵随后冷哼了一声，柳嘉猛地放下书，站了起来。

"有什么问题吗，八爪者？"博古医生严肃地看着柳嘉。其他人也困惑极了——这么狂？还能好好上课吗？

"您刚才说，一年后，我们才能解除梦魇灾难？"柳嘉问。

"是的。"博古医生点点头，"通过灵魂跃迁去解除梦魇灾难，是非常危险的事情。你们必须训练有素，才能有备无患。"

"可是我妈妈，还等得了一年吗？"柳嘉的话让训导室里的所有人都安静了下来，"我希望现在就能去救我妈妈。"

"柳嘉，解除梦魇灾难，并不是一件简单的事情。"戚梦来院长耐心地说，"除了大量的训练，你还需要至少四名队员一起执行任务。想要打开梦域空间的通道，需要不低于五个人的精神能量。"

柳嘉的心瞬间跌进了冰窟窿里。

一年以后……他的妈妈能坚持到那个时候吗？

"院长、博古医生，我愿意和柳嘉一起去。"

柳嘉惊异地看着戚梦萦从座椅上站了起来。

戚梦萦瞟了柳嘉一眼，幽幽地说："崔阿姨所处的梦魇灾难强度经人工智脑检测为 E 级。解除它需要冒的风险极小。而且，一周的理论课后，我觉得实践更能提高学习效率。"

"算上我。"易天爵在座椅上气势汹汹地抱起了手臂，"我正好想教训那些散布幻象病毒，在别人梦里胡作非为的混球。"

柳嘉感动地看着易天爵，目光转而看向罗西。

罗西嚼着怪味豆，懒洋洋地托着下巴，转头看着墙壁说："好玩的事情当然少不了我。算我一个。"

"既然如此……"戚梦来院长露出饶有深意的笑容，"那就让这次营救任务，作为你们能否成为狩梦人的最终考验吧。"

"最终考验?"柳嘉疑惑地问，"我们不是都已经通过试炼了吗?"

"以个人能力而言，你们的确都已经过关。"戚梦来院长的眼中闪烁着智慧的光芒，"但是一名合格的狩梦人，更需要优秀的团队作战能力。一个无法与同伴合作的狩梦人，未来无法被委以重任，因此也无法得到成为正式狩梦人的资格。"

柳嘉回想起在父亲的梦域碎片记录中，所看到的那一幕幕狩梦人们同生共死、同仇敌忾的画面，陷入了深深的沉默。

戚梦萦望着戚梦来院长，虽然不发一语，但却信心十足。

易天爵不以为然地撇了撇嘴："我只有一个要求，你们不许拖我的后腿。"

"我看，第一个拖后腿的就是你。"罗西冷嘲热讽，嘴里仍嚼着怪味豆。

易天爵正想发作，但看见老院长投来的深邃目光，只好偃旗息鼓。

"好吧。那么，我来向大家介绍一下你们这次终极试炼的考题。"博古医生扶了一下眼睛，声音低沉地说，"你们这次的任务，是营救崔如意女士——柳嘉的母亲。

"根据人工智脑资料分析显示，她被隐藏在鲜花里面的幻象病毒长期辐射，导致病变。病毒代号为'幽伶花园'。米兰市共有 112 个同种类型病患。你们需要净化梦域碎片中的'梦魇噬魂珠'，以此解除梦魇灾难，方能救回崔如意女士，以及米兰市其他同类患者。"

"关于执行这次任务的临时队长——"戚梦来博士目光扫视了一下四个小狩梦人，训导室里的气氛瞬间变得紧张起来，"柳嘉。既然是去救你的妈妈，临时队长就由你来担任。"

柳嘉激动万分，戚梦萦有些失落地微微低下头。

"大话精，好好加油，可别丢了我们明德的脸。"易天爵大吼着。

"喊，蠢蛋才需要队长。"罗西不屑地耸了耸肩膀，将最后一颗怪味豆扔进嘴里。

"我们还少一个人。"戚梦萦不疾不徐地说，"没有领航员，就无法顺利找到崔阿姨所处梦域碎片的入口。"

"你说得对，孩子。"戚梦来院长略带欣慰地点点头。

房间里沉默了几秒钟后，博古医生摁了摁太阳穴，慢慢抬起头。

"关于领航员，我有一个推荐人选，相信他——最适合不过了。"

第二天傍晚，龙巢基地巨大史前地下溶洞内。

一缕弧光透过浩渺湖水，照耀在月灵顶上。

短暂的集合后，柳嘉和戚梦萦、罗西、易天爵再度被博古医生带到了永眠墓地的后山，那座弧形的尖峰平台上。

"一直以来，月灵顶就是狩梦人进行灵魂跃迁，前往梦域的最佳位置。"博古医生向四位二代狩梦人介绍，"灵魂跃迁是目前狩梦人进入梦魇灾难所处梦域碎片中的唯一途径，是永眠墓地最核心的研究成果。"

柳嘉惊奇地睁大眼睛四处张望，紧张得手心直冒汗。

戚梦萦和易天爵也好奇地打量着，而罗西因为被博古医生阻止去平台四处探索，正不满地撇着嘴。

柳嘉注意到，月灵顶上空气冰冷、稀薄，周围是一圈深不见底的地下峡谷。一道银白色光束从千米高的穹顶穿越湖水直射下来，照耀在平台上，使得整个区域神秘而又庄严肃穆。

今天的平台背后缓缓升起了一群高高的石柱，石柱上镌刻着华美的象形文字。

在石柱的正前方，出现了一个篮球场大小的椭圆形透明罩，戚梦来院长和一群穿着深蓝色制服的研究员正在一大堆仪器设备前忙碌着。

"狩梦人智火者、雪狼者、戏猴者、八爪者均已到达。"

"请就位——3号、4号、7号、100号跃迁舱。"

透明罩里回响起一个机械式的声音。

"祝你们好运，孩子们。"博古医生说，"跃迁舱里有你们专

属的智能秘书，会为你们详细介绍这次任务。"博古医生严肃地看着柳嘉，"另外，本次任务完成之后，不可以再提任何任性的要求。"

柳嘉抿紧了嘴唇，点点头说："谢谢您！博古医生，还有大家……"

"别误会。"戚梦萦冷淡地说，"我参加这次任务，只是为了能早点去救我的父母。"

"我只是觉得好玩。"罗西不以为然地耸耸肩。

"我要提高实力，打败幻象！"易天爵皱着眉头认真地说。

三人说完，各自跟着一位赶来的工作人员，朝透明罩后的高大圆柱走去。柳嘉尴尬地目送着众人走远的背影。

"你有几个不错的同伴。"博古医生微笑着说，然后转身朝透明罩里的控制中心走去。

柳嘉深吸一口气，跟在一位女研究员的身后，来到一个大石柱前。

"柳嘉先生，这是3号跃迁舱，您的专属舱位。"女研究员仍在介绍，一扇拟态合金门在石柱下方自动打开了。

柳嘉抬头看了看这根圆形石柱，大约有十几米高。

一个圆形的银色光球正在顶端慢慢形成——那是从穿顶直射下来的月光能量——柳嘉感觉一阵头晕目眩，紧张得几乎快要站不稳了。

"口哨，你这时候需要试试这样做——额头和脚尖都面对墙紧紧贴着，再用力把脚踮起来。如果我紧张了，就会这么干。"

柳嘉一转头，发现罗西懒洋洋地站在他身后。

93

柳嘉将信将疑地按照罗西的建议走到墙边做好动作，结果在工作人员如同看白痴的眼神中，后知后觉地发现自己正在"面壁思过"。

暗骂自己一句的柳嘉，却奇怪地发现自己怎么也踮不起脚。

"罗西永远没有紧张的时候，所以你的脚永远也踮不起来。"罗西嘲讽地笑了笑，转身便走了，身后还飘着他的声音，"我可不想被一个紧张得尿裤子的蠢蛋连累。"

"我才没有尿裤子！"柳嘉生气地大喊。奇怪的是，他感到自己的紧张情绪竟然缓解了许多。

与此同时，一位戴眼镜的男研究员追在罗西的身后大喊："雪狼者！您的跃迁舱不在那边——啊！别碰那个按钮——"

看到戚梦萦和易天爵各自走进了圆柱里，柳嘉心一横，也钻了进去。拟态门在他身后缓缓关闭了。

这是一个宽敞的圆柱形空间，柳嘉四处打量，发现除了白花花的金属墙壁外，什么都没有。

"您好，八爪者。"

一个声音让柳嘉吓了一跳，他用目光四处搜索却一无所获。

"我是您的人工智脑幻影-27，将协助您完成本次跃迁任务。"

"您，您好。"柳嘉回答。让他感到惊奇的是，这个声音和他母亲崔如意的声音像极了！

"这是您第一次执行狩梦人任务，换好制服后，我将介绍注意事项。"幻影-27说话的声音充满了温柔。

这时，柳嘉旁边的墙面上突然凸出一个长方形暗格，里面

悬挂着一套银色制服、一个金属手环，以及一个白色的金属头环——金属头环和聚魂棺中柳真夜穿戴的一模一样。

柳嘉换上柔软的制服，戴好手环，白色头环上亮起了七盏小红灯。暗门关上后，墙面又伸出一块碳纤维机械坐垫，按照提示，柳嘉取出后坐了上去。

"本次灵魂跃迁的目的地——崔如意女士梦魇所处的梦域碎片。"

柳嘉面对的金属墙上缓缓浮现出一幅微缩影像地图，在一片蔚蓝色的海域中央，有一个菱形的海岛，边上还有一行文字：任务等级——E。

柳嘉记起，博古医生在前一天曾介绍过，梦魇灾难总共有五个等级，A 是最高等级，E 是最低等级。

"这块手表在梦域空间里真的能用吗？"柳嘉疑惑地问。虽然戚梦来院长说，他会通过这块手表和梦域空间中的他们保持联系，但柳嘉仍然有点不放心。

"当然。"幻影-27 回答，"乾坤手环是戚梦来院长的最新发明。除了通信，还能自动储存狩梦人在梦域空间中的行动影像。"柳嘉恍然大悟地点点头。

"那这个头环有什么用？"柳嘉指了指沉甸甸的头。

"这是天使之环，学名生命能量探测器，用于检测狩梦人各项生命体征。"幻影-27 说，"七盏灯全亮表示生命能量充沛，灯越少代表生命能量越低。七盏灯全灭时，代表狩梦人完全脑死亡。"

柳嘉的眼睛突然一亮："我爸爸虽然躺在聚魂棺里，但他头

上的白环还有三盏灯亮着。这是不是说明……他还活着？"

"是的。"幻影-27说，"但困住鹰眼的梦魇灾难，等级是S。"

"鹰眼？S？"柳嘉困惑地眨着眼睛，"梦魇灾难最高等级不是A吗？"

"鹰眼是柳真夜先生作为狩梦人的代号。由于S级梦魇灾难极其罕见，所以正常情况下不做说明。"

柳嘉心里暗自欣喜，原来父亲还有救！难怪戚梦萦一直说要去救她父母，看来她父母的头环也还亮着灯。

"另外一提，"幻影-27继续说着，"3号跃造舱的前一任狩梦人，正是您的父亲，柳真夜。"

柳嘉吃惊地瞪大了眼睛。

这时，圆柱里响起了不久前透明罩外呼叫的机械声音。

"领航员——夜行者——已到达。就位101号跃迁舱。"

柳嘉困惑地皱起了眉头，博古医生曾说会有一位领航员加入，大概就是这位夜行者吧。

"梦域碎片灵魂跃迁，编号1289——全体就位。"柳嘉来不及细想了，幻影-27控制碳纤机械坐垫预热，紧接着，在感觉到一股热量由坐垫传导至全身后，柳嘉的身体竟然像氢气球一样开始缓缓飘升。

他惊讶地看着离自己越来越远的地面，当他穿过圆柱顶部，升入那个发光的巨大银球——跃迁舱中时，柳嘉感觉大脑在渐渐放空……跃迁舱的球形壁像一层柔软的薄膜，闪耀着银月般的柔波。飘浮其中，有一种重回母体的安全、温暖和幸福感。

在他周围的几个跃迁舱里，戚梦萦、罗西、易天爵和他一

96

样都飘浮在半空中，身体缓缓转动。而在稍远一点的 101 号跃迁舱中，一个小小的身影正以一个奇怪的姿势匍匐在那里。

"灵魂跃迁引力发射程序——启动——"

"月能柱开始匹配——"

"曲波引擎充能——"

平台上的透明罩里，在老院长的指挥下，博古医生和其他工作人员一起按下了眼前操作面板上的红色按键。

一阵轰隆的巨响后，透明罩内中心位置的地面上，一个古铜色圆盘像旋涡一样打开了，约莫四分之一个篮球场大的透明玻璃圆柱缓缓升起。当玻璃圆柱无缝对接到透明罩最高点的圆形接口时，刺眼的银光仿佛从天而降的瀑布一般倾泻下来，迅速地流淌到了玻璃圆柱的底部，并且越积越高。

与此同时，仍在跃迁舱浮游的柳嘉，耳畔响起幻影 -27 的叮嘱："八爪者，您还好吗？"

"还，还好……"柳嘉结结巴巴地说。

"那么，您可以留下遗言吗？"

柳嘉倒吸一口凉气："遗言？您的意思是，我死定了吗？"

"有备无患，总是好的。"幻影 -27 平静地说。柳嘉哭丧着脸，突然觉得幻影 -27 温柔的说话方式，有点罗西式的嘲讽意味。

"如果发生意外，希望有人帮我照顾妈妈。"

"我已经为您记录。"幻影 -27 回答，"那么，跃迁前，请您看崔如意女士最后一眼——这是我的特别服务。"

柳嘉的眼前出现了一个小小的魔法影像——他的母亲崔如

意正在病床上安详地沉睡。

"谢谢你，幻影-27。"柳嘉感激地笑了。

"不客气。很高兴为您服务。"幻影-27的声音隐去了。

大约又过了几分钟，控制中心的玻璃柱积满了银光。

"月能柱充能完毕——灵汐储备已达最大值——"

"灵魂跃迁主机运转正常——"

"跃迁舱运转正常——"

"灵魂跃迁程序——启动——"

"抵达灵魂逆流河——倒计时开始——"

"10——9——8……"

这时，柳嘉从跃迁舱中隐约看到，平台控制中心玻璃圆柱的顶部，银光像海浪一样向四周飘溢，很快便布

好神奇！

哇！飘起来了！

飘浮

飘浮……

满了整个椭圆形的透明罩，无数条银色光束向下垂落，仿佛一场银色的细雨——柳嘉的意识渐渐下沉……

"4——3——2——1——"

"灵魂跃迁——开始——"

"记录参看坐标 1005.81.395.78.5221——"

"灵魂逆流河——无影码头。"

—— 第八幕 结束 ——

嘘……

梦域空间

与龙巢基地的
狩梦试炼

第九幕

 # 无间夜行者

机械启动，跃迁舱的球形壁泛起剧烈的银光。

接着，柳嘉的意识开始下沉，他感觉自己就像是夜空中划过的流星，在挣脱躯壳的束缚后，飞速下坠，很快，降落在冰冷的洋流中。

柳嘉清醒过来，困惑地睁开眼睛。

他发现自己载沉载浮在一片湛蓝的水面上。清澈的河水正在急速向上奔涌，无数条银色的小鱼顺着水流向上游动，星星点点的光斑美丽极了。

柳嘉好奇地欣赏着周围的景象，尝试用手慢慢地在水中划动，他感觉到一种从未有过的欢畅和自由，全然不觉自己正离

坠落的地点越来越远。

渐渐地，景象开始改变，身侧的河水不再湛蓝，变得像墨一样漆黑，一阵令人毛骨悚然的尖笑声在河水中回响。

柳嘉惊恐地看着周围，自己现在在哪里？

他感觉好像有一双眼睛正在饥渴地盯着自己，耳边回荡着一个恶心的舔舐嘴唇的声音。

恐惧让柳嘉开始往回游，或许他应该游到岸边去。

四周的水流突然诡异地扭动，幻化成十几条水柱，像蛟龙一样疯狂地朝他拍打过来！

柳嘉被水柱撞得晕头转向，像一个被抛来抛去的球，在漆黑的水底到处乱飞，他感觉自己快要被撕裂了！

隐约间，一团黑影飞快地潜游过来！而这时，舔舐嘴唇的声音也随之加剧了。惊恐袭来，柳嘉下意识地拼命挣扎游动，然而却徒劳无功。

令他意外的是，黑影游到柳嘉身边时，并没有攻击他，而是攻击那些发疯的水柱，把它们一一向四周撞开。趁着诡异水柱重新聚拢的间隙，黑影推着柳嘉飞快游向水面，不一会儿，他们便浮出了水面。

柳嘉大口喘着粗气，还没来得及稍事休息，便被黑影继续推着向前游动。

周围是浓得化不开的雾，柳嘉根本不知道自己正在朝哪里游，甚至不知道自己到底有没有向前行走。直到他远远地看到了一抹橘红色的灯火，一阵吵闹声从灯火处传来。

他在黑影的推动下，朝灯火游得更近，发现那里有一艘破

破烂烂的小木船，正停靠在一个废旧码头旁，一盏老旧油灯正挂在船尾的木头架子上。

戚梦萦、罗西和易天爵坐在木船上，看起来已经等候多时了。而且，他们三个人也都浑身湿漉漉的，有些狼狈。

戚梦萦的手心里燃烧着一个小火球，身体微微发出红光，潮湿的衣服一下子被烘干了。

"这个能力还真方便。"罗西撇了撇嘴，不知什么时候，他的手里多了一条长着飞蛾翅膀的鱼。

戚梦萦淡淡地瞥了他一眼，说："我不是厨师，别想太多。"

"喊，没劲。"罗西随手将鱼扔进了水里。

易天爵在船尾撩起湿嗒嗒的上衣，准备脱下来拧干。一块毛毯从天而降，将他整个人都遮盖了起来。

"谁干的？"易天爵在毛毯下气急败坏地叫嚷。戚梦萦在船头坐下，扭头看着前方，冷冷地眨着眼睛没有说话。

"耍猴的，你没几块肌肉，也敢公然在女生面前脱衣服？"罗西坏笑着说。

"唵？小子，你再说一遍？"易天爵把头从毛毯下钻出来，像暴怒的猎犬一样龇起牙。

吵吵闹闹声中，柳嘉终于吃力地爬上了船，气喘吁吁地瘫在甲板上。那团黑影轻盈地向上一跃，跳上了帆船，然后默默地飘到船舵那里去了。

"唷，口哨队长，你也被捞了？"罗西蹲下来看着柳嘉，一脸嘲讽地笑着，用手指戳了戳他的头。

"我们这是在哪儿？"柳嘉虚弱地问。

在被橘色灯火照亮的范围之外，他什么都看不清楚。

"这里是逆流河。"戚梦萦转头严肃地扫视身后的男生，"刚才跃迁的坐标发生位移。有人在逆流河里睁开眼睛了？"

罗西扬起眉毛耸了耸肩膀。

易天爵眉头紧皱，似乎在回想自己刚才的行为。

"我……我好像睁开了眼睛……"柳嘉心虚地举起一只手。

"昨天在梦域训导室里，博古医生说得很清楚，在逆流河里不能睁开眼睛，否则会因为时间流逝速度减慢而导致跃迁坐标位移，遭遇不可预测的危险。"戚梦萦冷冷地看着他，"八爪者，别忘了老院长的交代，凡事都要小心谨慎。"

柳嘉满脸涨得通红，懊恼地点了点头。

这时，小木船缓缓地离开码头，往前方开动了。

柳嘉坐起来左右张望，周围的雾实在太浓，什么都看不见。若不是因为听见螺旋桨搅动水流的声音，他也不确定木船到底有没有移动。

小木船非常简易，刚好容纳下他们四个人，再加上刚才那一团黑影。

柳嘉好奇地打量那团正在驾驶木船的黑影。他看起来像是一个身材壮硕的人，裹在密不透风的黑斗篷里，不出意外，应该就是他们的领航员——夜行者。

"欢迎来到灵魂逆流河。"黑斗篷发出一个油滑的声音，让柳嘉想起了喜欢捣蛋的那个眼泪小丑幻象，"小的们，你们能坐上我的船应该感到荣幸。"

"你就是夜行者?"罗西凑到黑斗篷旁边,狐疑地上下打量。

"雪、雪狼者,领航员在工作时,不能被打扰,发生航行事故将会很危险——博古应……应该提醒过你们吧?"黑斗篷似乎也对罗西畏惧三分。

"没错。"罗西高扬起眉毛,令人意外地转身走开了,"我可不想再回到水里游泳,衣服湿嗒嗒的。"船上所有人全都长长地松了一口气。

"咳,咳!"夜行者重整旗鼓,高声说,"各位不用烦恼。你们只要使用自己的乾坤手环,调整一下服装参数就可以了。我们这次航行的目的地是'幽伶花园',所以大家最好将参数调整为花朵拟态服装,尽可能地避免危险。"

"真酷……感觉就像可以战斗变身!"柳嘉轻轻转动手环,手环在半空中投影出上千种拟态服装的影像——穿黑色铁甲的士兵、长着两个头的巨怪、拿着长鱼叉的大嘴鱼人,甚至还有许多奇怪的动物。

柳嘉吃惊地看到,竟然还有巨龙的拟态服装!只可惜绝大部分都因为精神力值不够,没有被开放权限。而他能选择的只有在"幽伶花园"中的三种拟态服装而已:花朵形态、绿植形态、缝合怪形态。

罗西和易天爵早已经玩得不亦乐乎。

易天爵换上了南瓜拟态服:他的头变成了一个凶巴巴的大南瓜,两个圆溜溜的白色眼球在黑漆漆的眼窝里转动着,嘴巴就像条被割开的长长的缝。他的四肢变得像枯萎的南瓜藤一样细,还缠绕着藤蔓。

"呆蠢的南瓜人——意外地适合你，呆瓜者。"罗西调侃地吹了声口哨。

"你也好不到哪里去!"易天爵不服气地说。

罗西换上了一身杂耍服，身体的皮肤就像用布块拼接缝合的一般，看起来有点可怕。

戚梦萦在一旁专心研究手环投影出来的每一套拟态服装，完全没有被罗西和易天爵干扰，最后她选择了变身成水仙花。

柳嘉正犹疑着，要不要挑一套捕蝇草的拟态服装，这时，罗西突然走到船尾，背靠着夜行者坐下。

"领航员也该变变装。"罗西偷偷举起手中一只墨绿色的螃蟹，坏笑着朝柳嘉和易天爵撇嘴。

戚梦萦冷冷地瞟了他一样，像在看一只动物。

罗西做了个噤声的动作，转身飞快地将螃蟹扔进了夜行者黑色的斗篷里。

然而几秒钟过去后，他们并没有等到料想中的惊叫。夜行者纹丝不动地站在船尾，默默地观测着小船航行的方向。

这一次，连戚梦萦都感到奇怪了。

罗西再次转过身，偷偷地掀起夜行者黑色斗篷的边角，查看螃蟹是不是没有好好"执行任务"，然而他们看到的竟然是空落落的一片——斗篷是悬空的!

夜行者竟然没有脚!

"啊——"灵魂逆流河上响起柳嘉惊恐的尖叫声。

四人都各怀心事，不再说话了。

柳嘉感觉，夜行者诡异的威慑力，似乎比教导主任还要强。

而这时，小船航行的速度变得越来越快了。

渐渐地，周围的浓雾里出现了无数条七彩斑斓的光束。柳嘉感觉有些头晕想吐，就像坐在近江游乐园的"夺命过山车"里——他看了看其他人，他们似乎也并不好过。

没过多久，一只巨大的蓝色眼睛赫然出现在了他们的正前方。那只眼睛的瞳孔是一个深邃的黑洞，一圈淡淡的眼白周围绕着一圈鲜红色的光。

"那是什么？"柳嘉害怕地问。

夜行者没有回答，小船仍然在继续加速，柳嘉惊讶地发现，船身开始慢慢地离开水面，凌空飞了起来，径直朝瞳孔中央的黑洞冲了过去。

就在小船冲进瞳孔黑洞的那一瞬间，柳嘉死死抓住船沿，害

怕地闭上了眼睛。他听见耳边的水流在激烈地哗哗作响，仿佛有什么力量吸住了他，使他飞快向前。

当激烈的水流声渐渐远去，柳嘉终于慢慢地睁开了眼睛，这时他发现，载着他们的小船竟然停在了一片蔚蓝色的大海上！

"到了。"

夜行者发出一个懒洋洋的哈欠声，控制小船停靠在了一个小岛的岸边。

在船上众人惊讶的目光中，他将一个只有尾指大小的金色口琴扔到戚梦萦的手上："完成任务之后吹响口琴，我就会驾船来海边迎接你们。"

"你不和我们一起去吗？"柳嘉困惑地问。夜行者默不作声地在船尾坐了下来，不知从何处拿出一根钓鱼竿，自顾自地开始垂钓起来。

戚梦萦将金色口琴小心收好，轻轻叹了口气："夜行者只是领航员，没有义务要帮助我们战斗。"

柳嘉立刻觉得领航员这个职业不错，但他的理智很快便将这个念头扑灭了——他一定要救妈妈。

柳嘉跟在罗西和易天爵身后跳下船，站在小岛的沙滩上四处张望。

眼前的岛屿并不太大，绝大部分都被一个巨大的宅院占据了，只剩下一小片金黄色的沙滩。

而在岛屿四周，是一望无际的海洋——就像在跃迁舱里，幻影 -27 给他看过的那幅地图一样。

只不过让人奇怪的是，这里的天空中竟然挂着三个鲜红的

太阳，而沙滩上的温度，却让人觉得寒气逼人。

柳嘉最终选择换上了仙人掌的拟态服，等会如果遇到危险，仙人掌的锋利尖刺说不定还能发挥点作用。

他跟在其他人身后慢慢往前走，感觉和过去做噩梦时不一样，因为他正在困住母亲的"梦魇灾难"里，而且他不再是一个人，身边有了三个伙伴。

柳嘉看着伙伴们的背影，感觉有一丝温暖的阳光，照射进他内心的阴霾中。

"乾坤手环显示，我们应该去那边。"戚梦萦的目光从手腕上抬起来，指着海滩不远处深灰色围墙中间的一扇黑色铁门。

易天爵拔出斜插在沙滩上的一根木棍，掂量了一下，把它当成自己的武器。罗西抛接着随手捡来的一枚小海螺。柳嘉走在戚梦萦的身边，温柔的海浪声并不能安抚他紧张的情绪。而当他们走到黑色铁门前时，发现一个栩栩如生的狮鹫石像正蹲在门边悠闲地打着呼噜。

"咔嗒"一声，罗西将手中的小海螺扔在了狮鹫石像的头上。其余三人都倒吸了一口凉气。

"罗西，你能不能——"

"什……什么人敢打扰俺?!"狮鹫石像突然说话了，愤怒的吼声让戚梦萦僵直在原地——看起来比狮鹫更像石像。

易天爵本能地握紧了木棍，而柳嘉则双手捂着目瞪口呆的脸，拼命地控制着自己想要尖叫着转身逃跑的冲动。

"说吧，什么条件才能让我们进去?"罗西毫无惧色地看着狮鹫石像，眼神就像在嘲弄无足轻重的小苍蝇。

"您是来参加费思园长的宴会的贵宾吗？"狮鹫石像的语气竟然缓和了下来，"请说出口令，俺立刻为您开门。"

眼看罗西就要伸手去戳狮鹫的脑袋了，柳嘉赶紧一把抓住了他！

时空裂隙站里发生的一切仍然历历在目，他绝对不允许罗西破坏他救妈妈的计划！易天爵似乎也有着和柳嘉同样的想法，于是把木棍拦在了罗西面前。

"喊。"罗西不满地撇了撇嘴，终于安分下来。

"很抱歉，狮鹫先生。"戚梦萦深深吸了一口气，尽量和颜悦色地说，"我们忘记口令了。"

"这不可能。"狮鹫操着奇怪的口音，"数字口令就藏在邀请函上面的那段歌谣里，那可是俺们园长才华横溢的创作，看过的人都不会忘记。"

"啊——您说得对！"戚梦萦眼珠一转，"我想起来了，那个歌谣真是令人难忘。狮鹫先生，不知是否有幸，能亲耳听到您的吟唱呢？"

狮鹫清了清嗓子，得意洋洋地唱起了一段歌谣："如果非要猜出数字口令的话——俺的第一个，用俺的眼睛将你寻找。俺的第二个，是心情颠来倒去一样虚无缥缈。俺的第三个，如思念倒下没有穷尽。俺的第四个，最终凝结，飘落时融化了一角。"

虽然狮鹫奇怪的口音让这首歌谣严重跑调，戚梦萦还是听完后不到一分钟就皱眉说道："是……2、0、8、5？"

"好吧，您的确说对了。"狮鹫石像不太高兴地说，"欢迎——客人们，请进。"

　　黑色的铁门缓缓打开了，戚梦萦冷漠地扫了一眼身后的三个男生，高傲地走进了敞开的铁门。

　　"为什么是这几个数，我不太明白？"易天爵挠了挠头。

　　"哼，狮鹫两只眼睛……颠倒一样的数字只有1和0……8倒下是∞……啧啧，看起来有点意思了。"罗西有一茬没一茬地说道。

　　"那雪花是六棱形晶体，少了一角就是5了。"柳嘉兴奋说出最后一个答案，"戚梦萦反应这么快，真可怕。"

　　"聪明又会撒谎的女人，更可怕。"易天爵有些敬畏地看着戚梦萦的背影。

　　柳嘉僵硬地笑了笑，和罗西、易天爵一起，朝铁门内走去。

　　梦域空间的冒险，他们终于踏出了第一步。

第九幕 结束

这些花长得真古怪.

啥?

ACT 10

第十幕

## 幽伶花园

　　黑色的铁门后，是一座幽静的花园。让人奇怪的是，门外还是黄昏，花园内却已经是夜晚了。

　　四人站在花园的入口处左右观望，这里没有路灯，暗红色的月光下，一条铺着鹅卵石的小道在比他们高出至少两个头的花草中间蜿蜒穿梭，柳嘉不由得想起了出现在"尖叫墙"上的大蟒蛇，浑身起了一层鸡皮疙瘩。

　　"队长，你有什么要说的吗？"戚梦萦目光淡漠地望向柳嘉。

　　"啊……我们一定要保持警惕。别乱说话，以免——"柳嘉的声音微微有些颤抖。

　　然而他话还没有说完，罗西已经自顾自地朝前走去了，在鹅卵石小道拐弯的地方，还吹了一声响亮的口哨。

易天爵把木棍扛在肩膀上，皱着眉看着罗西的背影："一些破草有什么好怕的？我过去看看。"说完，他也大摇大摆地走远了。

"等等——"柳嘉想要叫住易天爵和他一起走，戚梦萦转过头冷冷地瞪着他，他感觉自己的个头突然缩小了一半，"嗯，好吧，我和你一起保持警惕……"

柳嘉跟着戚梦萦，小心翼翼地沿着鹅卵石小道往前走去。

花园里没有风，却不时地响起一阵窸窸窣窣的声音，无数只闪着幽蓝光亮的萤火虫在密密麻麻的花草间飞舞。

"无法理解！园长为什么会想把一个穷酸女人变成花，和我们种在一起？她有过人的家世吗？漂亮吗？还是说有名气？我看她连片像样的花瓣都没有！这简直是对我们的侮辱！"

"她什么都没有，只有运气，赤发小姐。"

对话声让柳嘉和戚梦萦吓了一跳，这显然不是罗西和易天爵的声音。

他们转过头，发现在一丛蕨草中间，一朵火红的鸡冠花和一朵橙色君子兰，正面对面地交谈。鸡冠花上有一张女人愤怒的脸，抹着大浓妆。君子兰花瓣中央是一张中年男子的脸，文质彬彬，神情傲慢极了。

柳嘉和戚梦萦交换了一个惊讶的目光，蹑手蹑脚地转过身，准备悄悄溜走。

"好吧，运气也是人生的一部分。"鸡冠花叹了口气，"但我还是认为，她更适合做我们的肥料。"

　　"砰"的一声脆响，柳嘉突然像被点中了穴道一样停下脚步。

　　刚才他正在猜想，这朵鸡冠花所说的那个女人到底是谁……结果不小心踢到了一块小石子。

　　戚梦萦见事情已经不可挽回，无奈地轻叹一口气，站直了身体。

　　鸡冠花和君子兰都转过脸庞，望向他们，不仅如此，附近的花草们似乎都察觉到了闯入者的存在，在暗淡的月光下缓缓地转动着巨大的脸庞。

　　让柳嘉和戚梦萦感到震惊的是，不仅仅是鸡冠花和君子兰，这个花园里几乎每一朵花蕊中央都长着一张硕大的人类脸庞——某些残缺的脸看起来可怕极了！

　　"哪来的小孩？"一朵长着胖妇人脸的月季花甜腻腻地说。

　　"园长的宾客吗？"一对双胞胎三色堇吹飞了旁边的一朵蒲公英。

　　"嗯哼哼……这么可爱，不如来当我的晚餐吧！"一棵捕蝇草阴森森地笑着咧开了嘴。

　　柳嘉看见捕蝇草叶片中有一张骇人的老婆婆的脸，它的皮肤像干枯的树皮，幽蓝的瞳孔隐着红光，锋利的锯齿状花瓣上更是淌下了黏糊糊的口水。

　　柳嘉庆幸自己没有穿上捕蝇草的拟态服装，他可不想变成那副模样！

　　"快跑！"看着正朝他们探过头来的捕蝇草，柳嘉惊恐地大喊，拉着吓呆了的戚梦萦拼命往前飞奔。

　　在他们的身后，捕蝇草气呼呼地大喊："别挣扎了，小鬼们！

进了幽伶花园，就别想逃出去——"

"这，这不是 E 级的'梦魇灾难'吗?"跑到一朵和足球的门架差不多高的马蹄莲旁边，柳嘉和戚梦萦再也跑不动了，停下来惊魂未定地喘着粗气。

"不管是什么等级的梦魇灾难……"戚梦萦气喘吁吁地压低声音，"都很危险，要保持警惕。"

柳嘉点点头，他记得戚梦萦曾说，道歉和后悔没有意义。于是他振作起来，决定用行动让自己变得更稳重可靠一点。

"哦? 这倒很有趣。"一个声音让柳嘉和戚梦萦刚放下的心又差点蹿出了嗓子眼。罗西突然从旁边走了出来，手里拿着一把不知道从哪里找来的小铁锹。

"罗西，你在做什么?"柳嘉压低声音焦虑地说。

"口哨，你嗓子坏了吗?"罗西嘲笑地瞟了柳嘉和戚梦萦一眼，"我只是想给它们松松土。"说完，他蹲下身，开始用力挖

掘马蹄莲下的泥土。

柳嘉手足无措地看着——因为罗西的架势绝对不像只是帮松松土而已，他多半是准备挖一朵人脸花，带回家去玩！

"你们是新来的园丁吗？"马蹄莲的花朵垂了下来，花朵中有一张瘦成皮包骨的男人脸，无精打采地看着花朵下的三个人，"很好，往左边挖一点，那里痒痒——嘿！轻一点小子！你弄疼我了！"

"住手！"花丛里响起一声尖叫，柳嘉和戚梦萦惊愕地看见，一只和课桌差不多大小的蜈蚣怒气冲冲地扭着身体朝他们爬了过来！

它的每一条腿上都握着一个园艺工具，唯独左边最后的那条腿空荡荡的……柳嘉一脸绝望地看了一眼罗西手中的铁锹，似乎明白了真相。

"哪里来的小毛贼！竟敢偷我的铁锹！"蜈蚣怒不可遏地在马蹄莲旁边立直了身体——它竟然和篮球架一般高，"为花园松土是我的工作！我要把你们带给臭牙，做成花肥！"

蜈蚣亮出两颗尖尖的牙齿，朝三人扑了过来。

"跑啊——"柳嘉一声尖叫，戚梦萦一把拽起罗西，三人不要命地往花丛深处飞跑！没跑出多远，偶遇"南瓜人"易天爵，正站在一朵白山茶花下迷茫地抓着笨重的南瓜头。

"喂，这是要去哪——"易天爵困惑地看着一路飞跑的三个同伴，而当他扭头看见杀气腾腾的巨大蜈蚣时，先是吓得龇起了牙，然后酝酿了一下情绪，大义凛然地握紧了手中的木棍，"你们走，我来殿后！"

"请你有点自知之明。"戚梦萦回头一把揪住易天爵的衣领，拉着他继续飞奔。

当他们经过一棵大柳树时，戚梦萦想了想，抢过罗西手中的铁锹，朝柳树相反的斜坡方向远远扔去，不料正好砸在一株万寿菊的脸上。

"喂！哪个混蛋干的好事?！"万寿菊愤怒地大叫——巨大的蜈蚣转身朝万寿菊的方向爬过去了。

看着蜈蚣气急败坏走远的身影，柳树后的狩梦人们松了一口气。这时，一片绿叶已经悄悄地攀上了柳嘉的肩膀。

"嘿，先生们，女士们，一看就知你们心地善良，想听听我最近的苦恼吗?"

众人惊讶地转头，发现一朵炒锅大小的紫色花朵正趴在柳嘉的肩膀上，花瓣中间是一个年轻小伙子的脸，醉醺醺的，一脸颓丧。

"为了住进这个花园里，我没日没夜工作……已经失去了自我……"

柳嘉浑身僵直，戚梦萦被先前的逃亡折腾得疲惫不堪，罗西也被拖着跑得气喘吁吁——其实他并不想跑。只有易天爵依然龙精虎猛，他一把抓住了花朵的"脖子"。

"喂，这是什么鬼地方?"

"这里当、当然是费思院长的幽伶花园——咳咳！"花朵惊恐地说，花瓣都快变绿了。

"花朵先生……我们想找一个人。"柳嘉小心翼翼地说。

"找人？噢，如果你愿意听我的苦恼……"

"抱歉，我想不行。"戚梦萦捂着耳朵说，"你是勃罗特花，又名催眠花。如果我猜得对，你会把我们变得和你一样醉醺醺的。"

柳嘉和易天爵对视一眼，赶紧用手捂住了耳朵。

"人生艰难，今朝有酒今朝醉，不好吗？"勃罗特花委屈地说。

"不好，因为会被你们吃掉。"罗西捡起一块石头，朝旁边的草丛里扔了过去……一朵匍匐在草丛中、有浴缸大小的橙色花朵突然合上花瓣，贪婪地嚼着罗西扔过去的石头，发出恶心的咔咔声。

戚梦萦脸色发白地说："是食人花！"

"嘿！别给那个孩子吃石头，会消化不良！"

勃罗特花的脸变得狰狞起来："哼，竟然被你们发现了，那我也就不用客气了——啊！饶命！饶命！"它显然忘了自己仍被易天爵掐着"脖子"，结果被捏得惨叫不已。

"勃罗特先生，如果你不想被连根拔起的话，回答我一个问题。"柳嘉鼓起勇气说，"我妈妈叫崔如意，请问您知道她吗？"

"哼！你们跑不掉的。"勃罗特花阴沉地说，"你说的那个女人，她可真走运，如此平凡竟然被费思园长选中变成花！现在整个幽伶花园里的花儿们都在议论！"

柳嘉震惊地环视了一圈周围那些奇怪的花朵。

"我才不要妈妈变成你们这样！"

"她现在在哪儿？"戚梦萦问。

"就在花园尽头的屋子里。"

"竟敢来幽伶花园捣乱——那几个小鬼在哪里？哼哼哧！"

一个气呼呼的大喊声从不远处传来，柳嘉和戚梦萦、罗西赶紧躲回到柳树背后。

"哼，躲躲藏藏，不如打一架！"易天爵把勃罗特花扔到地上，捡起一根树枝说。

柳嘉死死地拽住他，连同勃罗特花一起藏起来。

这时，一只穿着酒红色马甲的黑猩猩提着铁锹和水桶走了过来，它扑扇着背后的蝙蝠翅膀，哈气时露出两颗长长的发黄的獠牙。

"啊哈，是臭牙！你们完了，它的凶残远近闻名！"勃罗特花幸灾乐祸地说，伸出一片叶子想要向大猩猩招手，结果被罗西一把拔掉了。

臭牙在柳树边搜巡了一会儿，一无所得后，骂骂咧咧地朝斜坡下走去。

"可惜它眼神不好……"勃罗特花失望地叹了口气，忽然它

脸庞一转，"小鬼们，你们为什么不跟着臭牙？我想它正要到费思院长那里去呢！"

柳嘉望向戚梦萦，易天爵却恶狠狠地瞪着勃罗特花。

"这朵花，人品不好，要不我先捶它几下？"

"拔花瓣吧，比较好玩——"罗西朝勃罗特花伸出手。

"饶，饶命！"勃罗特花惊慌失措地说，"信不信由你们！再过一会儿那女人就要变成花啦！"

"它的话并非完全不可信。"戚梦萦轻声说，"只不过跟过去的话，接下来应该会遇到不少危险的陷阱。"

柳嘉看了一眼陷入沉默的伙伴们，轻轻吞咽了口唾沫，鼓起勇气说："我已经很感谢你们愿意陪我来救妈妈……接下来的路我可以自己走。"

"怎么，队长想单飞？"罗西兴致盎然地斜睨着远去的猩猩，"但是有趣的事情，我从不缺席。"说完，他瞥了一眼易天爵和柳嘉，不以为然地朝臭牙的方向走去。

"大话精，你记住。我决定过的事，绝不反悔。"

易天爵用树枝砸晕勃罗特花，目光坚定地跟上前去。

戚梦萦淡淡地瞥了柳嘉一眼，一言不发地往前走。

柳嘉看着伙伴们的背影，感到鼻子一阵发酸——父亲失踪、母亲重病之后，他第一次感觉到，自己不孤独。

只是所有人没有想到的是，花园的路况复杂诡异，宛若迷宫。原本走在他们前面的黑猩猩臭牙，时常突然从他们身后或旁边的路上冒了出来，就像和他们玩起了捉迷藏游戏，好几次他们都险些暴露了行踪！到最后，柳嘉和伙伴们彻底在这个可

怕的花园里迷路了……

来到花园的某个十字路口，众人一筹莫展。罗西抬头看了看星相，转身便朝右边走了过去。

"罗西，单独行动会有危险。"戚梦萦低声提醒。

罗西高傲地转过头，扬起一边嘴角冷笑道："有比愚蠢更危险的东西吗?"说完便大步朝前走去。

柳嘉看着月光下罗西洒脱的背影，觉得他就像是一匹难以驯服的高贵野兽，柳嘉虽然和戚梦萦一样在埋怨罗西的鲁莽和任性，却又对他的勇敢和善良充满感激。

"看来他找到走出花园迷宫的方法了。"戚梦萦心情复杂地叹气，"我们跟着罗西。"

花园迷宫远比他们想象中危险，十几朵巨大凶猛的食人花就像饥饿的饕餮，在路边对他们虎视眈眈。

罗西和伙伴们一路朝他们扔着小石子，食人花嚼着硬邦邦

的"晚餐"，纷纷消化不良地呕吐起来，完全失去了战斗力。四人很快便走出了花园迷宫，一幢破败的白色尖顶别墅，出现在他们眼前。

第十幕 结束

成为我的
花吧!

ACT
11

第十一幕

费思园长的舞会

惨淡的月光下，年久失修的白色别墅孤寂地矗立在一片高大杂乱的灌木之间。

一辆辆马车在别墅前走走停停，迎送往来的宾客。

正在别墅前寒暄的宾客们看上去古怪极了，它们身着暮气沉沉的晚礼服，脸像缝合拼接的布块，被一道道裂缝分割，身上裸露的皮肤就像水泥般灰白粗糙。有的还用黑色木炭和红色果浆勾勒出浓烈的妆容，举手投足间充满了诡异的气息。

两只手持钢叉的黑猩猩守卫巡逻走过——

生长在别墅旁的一丛万年青后，柳嘉和三个伙伴小心翼翼地探出头，偷偷地窥视着。

"它们就是缝合怪吗?"

柳嘉皱眉压低声音问,不愿再多看一眼那些可怕的怪物。

"这还用问?它们难道不是和死鱼眼长得一模一样?""南瓜人"易天爵不屑地瞥了一眼旁边换上拟态服装,像乞丐王子般的"缝合怪"罗西。

"它们不好对付。""水仙花"戚梦萦低声说,"爷爷有一本《梦世界的怪物们》(以下简称《梦物》),介绍过它们。"

说完,她继续抚摸万年青叶片中的婴儿脸,哄它睡觉,以免它突然喊叫。

"我揍前面的猩猩。后面的,你们处理!"易天爵手臂上缠满了他新捡到的藤条,他看上去,像个小绿巨人。

"恐怕不行。"戚梦萦低声说,"《梦物》里说,飞天猩的牙齿中含有毒素,能抑制狩梦人的灵魂活力——"

"灵、魂、活力?那是什么东西?"易天爵皱着眉,一脸迷惑。

"被咬中的话,狩梦人就会感到眩晕,是这个意思吗?"柳嘉问。

戚梦萦点点头:"另外,缝合怪的指甲毒液能腐蚀狩梦人的皮肤。"

"而且还有口臭。"易天爵瞪了一眼"缝合怪"罗西。

柳嘉顿时恍然大悟,难怪戚梦萦到现在都维持着水仙花的拟态,而不愿意变成缝合怪了……

一块阴沉的带着粉尘味道的黑布突然砸在柳嘉、易天爵和戚梦萦的头顶——

"生物课上完了吗?"

柳嘉惊恐地从黑布下冒出头，发现罗西正一脸嘲弄地站在他们旁边，手里还拿着另外三块黑布。

"罗西，你在干什么？"柳嘉疑惑地问。

月色中，罗西扬了下眉，指着停在万年青草丛附近的一辆空马车："正好没人，我借用一下窗帘。如果不想变缝合怪，那就乖乖当我的仆从。"

"什么？我就算被缝合怪的唾沫臭死，也绝不当你的狗腿。"易天爵愤怒地说。

罗西朝他哈了口气，易天爵立刻将破布盖在了自己的头顶，不再说话了。

柳嘉悻悻地望着易天爵："你不是说，已决定的事情绝不反悔吗……"

"我是为了完成任务，不是给死鱼眼当狗腿！"易天爵闷闷地说。

"就这么办吧。"戚梦萦点了点头，"如果要混进去，现在是好时机。"她指着一辆正在行进中的马车。

马车后，有一群戴着长长黑色头纱的缝合怪在慢慢移动。

"跟在它们后面。"

几分钟后，三个裹着黑布的仆从，跟在小缝合怪罗西的身后，笨拙地混进了戴着黑头纱的缝合怪的队伍里，经过门口的猩猩守卫，走进了别墅一楼的迎宾大厅。

别墅的大厅内阴冷、潮湿，像极了一个巨大的牢笼。

几盏黑铁吊灯透着幽光，将白地板照得冷冰冰的。

形态各异的缝合怪们，拥挤在迎宾厅里，脚步蹒跚地挪动着。

"它们在跳舞吗？"柳嘉从黑布中露出眼睛。

"也许……谁知道呢……"戚梦萦声音略微发抖，示意大家看向右边的旋转楼梯处，"如果……那些家伙是在奏乐的话……"

铺着猩红地毯的阶梯上，一群穿着条纹衬衫、套着厚重假发、戴着白项圈的缝合怪们正一板一眼地奏着奇怪的"音乐"。

迎宾厅拥入的缝合怪越来越多。

"小黑斗篷"们礼貌地拒绝了几位服务生的好意，它们手中的托盘里盛放着饮料和食物——冒泡的绿色菜汁和爬着苍蝇的炖肉。

"不好，死鱼眼又不见了。"一直沉默的易天爵忽然说。

"他不就在你旁边……"可柳嘉一眼扫过，发觉原本罗西站着的地方空荡荡的，连个鬼影都没有！

戚梦萦叹了口气，指着一个方向："罗西在那……"

三个"小黑斗篷"像出来觅食的老鼠，如履薄冰地穿过几个正在吞食炖肉的胖家伙，躲过一群扭着奇怪动作的怪物舞者，还差点踩到一个大脚板绑着绷带的怪兽的脚趾……

他们最后终于来到一张挂满蜘蛛网的旧餐桌旁——"缝合怪"罗西斜躺在暗红色的沙发上，正从餐桌上拿起一个形状诡异的食物，准备塞进嘴巴里。

"罗西——"戚梦萦轻轻地摁住罗西嘴边的美食，"这是《梦物》里说的烂肠饼，会让肚子里长蛆虫。"

"哦？这倒有趣。"

罗西瞟了一眼戚梦萦，以及旁边的柳嘉和易天爵，然后他站起来把餐桌上的烂肠饼全都塞进黑布下的口袋里，转身走了："各位仆从，我到处看看，你们别跟着我。"

"可恶的死鱼眼！"易天爵咬牙切齿地说。

此时，大厅里忽然响起一个像甘蔗被嚼烂了的声音："女士们——先生们——请安静。"

"有请——费思园长！"

怪物群安静下来，柳嘉的目光随着其他人一起望去……

通往二楼的旋转楼梯上，一位身穿霉绿色丝绒长袍的象鼻怪物，缓缓走了下来。

它摇晃着沉重的身体，长长的鼻子上套着九个骨质鼻环，头顶戴着维多利亚时期风格的假发和头饰，左边脸上布满了皱纹和老人斑，另半边脸上疤痕密布露出灰白的獠牙，看起来丑陋极了！

"它可真迷人……"站在柳嘉旁边的老妇人缝合怪陶醉地说道。

柳嘉偷偷看了它的脸一眼，然后害怕地挪动着脚，决定离它远一点。

"欢迎我的朋友们，光临今晚的——新花品鉴会！"

费思园长闷声从楼梯上走了下来，每走一步，整个大厅都随之颤抖。园长身后还跟着一个胡萝卜仆人，穿着白长褂，捧着一个奇怪的红色药水烧瓶。

"这个怪物——不好对付。"易天爵狠狠地吸了一下鼻子。

"新花……应该是指你妈妈。"戚梦萦凑到柳嘉耳边说。

柳嘉点点头，感觉心跳到嗓子眼了。

"花朵喜欢歌唱，而枯草从不说废话——"费思园长一边说着，一边拍拍手掌。


这时，迎宾厅的侧门打开了，柳嘉三人被裹挟着，被迫随着好奇的缝合怪们往前拥去。而当他们的视线越过怪物群的缝隙，柳嘉看见一群穿着红舞鞋的老鼠抬着一个巨大的天鹅造型水晶棺，来到了大厅中央。

天鹅水晶棺里，一位美丽的女性正在静静地沉睡。

她穿着一条精致的白色长裙，黑色的长发安静地披散在身边，脚上还穿着一双粉红色的芭蕾舞鞋。

"妈妈……"柳嘉想要冲上前去，结果反被周围好奇的缝合怪们挤得往后踉跄了一步。

"柳嘉，不能急。"戚梦萦轻轻地按住柳嘉的肩膀。

"我要去救我妈妈!"柳嘉激动地大声说,结果被易天爵一把搂住脖子,动弹不得。

"救你妈妈,不是你一个人的事。"易天爵缓缓地说,"队——长!"

最后两个字让柳嘉稍稍冷静了下来,急促地喘着气。

"别冲动,如果想救你妈妈,现在最需要的是冷静。"戚梦萦淡定地说,"我已经用乾坤手环把这里的影像传回基地,我们现在必须等待指示。"

柳嘉点了点头,很显然,戚梦萦比他更适合当队长。

这时,缝合怪们慢慢聚拢到了水晶棺旁,发出一阵让人反胃的呼呼声。

"噢! 新鲜的……人类!"

"她真难看,皮肤像玻璃一样光滑,一道裂缝都没有。"

"还在沉睡? 真是一个没用的废物!"

柳嘉咬紧牙关站在怪物群外,愤怒让他感觉不到害怕了。

"肃静。"费思园长泰然自若地说,"别着急,朋友们,十二点的钟声响起,如果这株白玉兰不够谄媚,我将让你们看到它凋零时的凄凉美景!"

"嗡嗡——"

手腕上传来一阵震动感。柳嘉偷偷从黑布下伸出戴着手环的左手,发现手环投影出一行文字——请输入解锁口令。

成功解锁后,柳嘉点开信息:"使用引力净化光波在50厘米范围内扫描崔如意的身体,即可解除她所处的梦魇灾难。"

这时,乾坤手环投影出一只深蓝色的眼睛,像猫一样的瞳

孔眯成了一条缝，在不停地左右张望。

"接下来，要靠你自己了。"戚梦萦说着，和易天爵一起伸出了戴着手环的手腕，投影的文字都显示为：掩护八爪者。

柳嘉毫不退缩地点点头。

"放心去。"易天爵坚定地拍了拍柳嘉的肩膀。

"等等。"戚梦萦警觉地扫视了一眼水晶棺旁边密密麻麻的怪物群，"缝合怪太多，硬挤进去有危险，如果能想办法引开一部分就好了……"

戚梦萦话音还没落，一个语调上扬的傲慢声音便传进了他们的耳朵里。

"不得不说，眼光独到，长鼻子园长。"

三人震惊地循声看去，发现"缝合怪"罗西竟然从楼梯扶手上滑下来，动作潇洒地跳到了费思园长和胡萝卜人身边——仿佛他才是别墅真正的主人，一点都不见外。

"罗西？他又在捣什么鬼！"柳嘉感觉大脑缺氧了，几乎要叫出声来。

戚梦萦和易天爵也都震惊地瞪大了眼睛。

"你是谁？"费思园长甩起鼻子，迷惑地看着"罗西小怪"。

"混沌教会的信使。"罗西随手将一张纸片扔到园长脸上，"你最近的花粉病毒传播效率太低，教会很不满意！密信就在二楼9号房间的书桌上，你去看看吧。"

费思园长狐疑地用鼻子接过纸片，半眯起眼睛看了起来。柳嘉注意到，那是一个信封，上面有几个金色的符号。

"请信使喝上一杯，我去去就来。"费思园长对大厅的侍者

说，转身之前目光仍然怀疑地打量着优哉游哉的"罗西小怪"，好一会儿才摇晃着沉重的身体，往二楼走去。

园长离去的脚步声，让围在水晶棺周围的怪物们纷纷困惑地抬起了头，悄声议论起来。

"他什么时候成了信使？"柳嘉纳闷地问。

戚梦萦摇摇头，看着罗西旁若无人地穿过怪物群，走到了水晶棺前。

"不过，现在是过去扫描的好时机。"

柳嘉点点头，快步朝水晶棺走了过去。

因为费思园长的离去，怪物们纷纷好奇地走到了楼梯下面，此时围在水晶棺周围的怪物已经少了一大半，没费多大力气，柳嘉就走到了旁边。

"哼，无聊的任务。"

罗西偷偷抬起手环给柳嘉看了看，上面的显示和戚梦萦、易

天爵的一样：掩护八爪者。

"可是，你怎么猜到我们……"柳嘉忍不住好奇地问。

罗西不屑地冷哼一声作为回答，转身便离开了。

"谢谢你。"柳嘉对消失在怪物群中的罗西低声说。

"十二点快到了。"戚梦萦在一旁担忧地催促，"抓紧时间。"

柳嘉赶紧将浮现在手环上的蓝眼睛，对准了水晶棺中的崔如意，手环开始微微震动，扫描开始了。

周围的缝合怪们一边享用着侍者递来的"食物"，一边期待地等待着午夜钟声的响起，对水晶棺前三个行为古怪的"小黑斗篷"则只是好奇地打量，并没有察觉到什么不对劲。

柳嘉焦急地看着水晶棺里沉睡的崔如意，扫描的进程比他想象的要慢许多。

他看到崔如意的脚尖部分正在慢慢淡化，可是照这个速度，想在十二点前完成全部的扫描，恐怕……柳嘉心急如焚地看了一眼身后墙上的大挂钟。

突然，他的后背被人用力撞了一下，手环的震动停止了！

"噢！弱小的身体，更具弹性，可是不利于健康哟！"一只摇摇晃晃的缝合怪似乎喝多了，打着臭烘烘的嗝绕着柳嘉打转。

柳嘉哭丧着脸看了一眼手环，上面浮现出一行字：扫描异常中断，即将重新开始。

"这位夫人，您能不能……"戚梦萦转身想要赶走缝合怪，易天爵突然拽了拽她身上的黑布。

"长鼻子回来了。看来，死鱼眼穿帮了。"

柳嘉和戚梦萦惊讶地抬头看向二楼走廊的尽头，发现费思

园长正对一只穿着红马甲的飞天猩气急败坏地说着什么，柳嘉记得，那只猩猩是花园管家臭牙。

让他们更为惊骇的是，迎宾厅里响起了洪亮的钟声，"新花品鉴会"即将开始。

第十一幕 结束

第十二幕

# 初战·狩梦人

窗外的月光幽暗惨淡。

此时的别墅就像邪恶巫师的沸腾坩埚，里面充满了可怕的声音，缝合怪们低哑的怪笑和压抑的嘶吼此起彼伏。

柳嘉的心像发条被一点点拧紧，几乎停止了跳动。

"亲家的来宾，吉时已到！"楼梯边的胡萝卜人突然上前一步，晃动了一下双眼，热情地宣布，"收起你们的疑惑吧！马上，由我——园长的专属毒药师胡里奥·罗卜斯基，为大家展示一枝白玉兰因为固守高洁而凄美凋零……"

围观的怪物们兴奋地向后退去，一只缝合怪拉住在水晶棺边不愿挪动的柳嘉，把他往后拖拽——柳嘉的乾坤手环扫描又

被打断了。

"当——"最后一声钟声落下。

胡萝卜人激动得浑身哆嗦，走到天鹅造型的水晶棺旁，命令几个侍者移开水晶棺的盖子。

在拥挤的怪物贵宾们的围观下，胡萝卜人一脸肃穆地举起装着浅红色汁液的烧瓶，充满仪式感地走到水晶棺边——它想将烧瓶里的液体倒进崔如意的嘴里。

不！绝对不可以喝！妈妈！

柳嘉在心里大叫着，用力挣脱怪物的手，往前挤去。

他死死地咬紧嘴唇，顾不得自己的皮肤被划破，也顾不得周围缝合怪躯壳上传来的恶臭、腐腥味——他竭尽全力地往前挤，大脑中一片空白——他只知道，自己一定要救妈妈！绝对不能让妈妈变成花！

可是，似乎已经来不及了……

缝合怪们的力气太大了，即使戚梦萦和易天爵在他身后拼命地推挤，他依然很难挤到最前方。

眼看着烧瓶里的红色液体就要被倾倒进母亲的嘴里，柳嘉感觉自己的心在炸裂，似乎有什么东西正在他的血管里激烈地翻涌。

"柳嘉，这个梦境是——不行——"戚梦萦似乎在对他说着什么。

但柳嘉已经什么也顾不上了，他一声低吼，拼尽全力往前挤去。这时，那团淡淡的黑雾，从他的皮肤里喷薄而出，就像章鱼吐出墨汁一般，氤氲缭绕着包裹住了他。没等柳嘉回过神，他

的身体像黏稠的空气一样，径直穿过了面前激动的怪物群，来到了水晶棺前。

柳嘉困惑地看了看无动于衷的怪物们，低头打量了一下被黑雾包裹的自己，发现似乎没有人能够看见他。

水晶棺就在眼前，柳嘉来不及想太多，随手从身侧一个缝合怪手中，抢过一只水晶高脚杯和几块硬邦邦的烂肠饼，毫不犹豫地朝胡萝卜人头上砸去！

"砰——哐啷——啪！"

别墅的迎宾厅陷入一片死寂。

正在二楼和飞天猩臭牙窃窃私语的费思园长，以及大厅里的缝合怪们，都惊讶地看着被砸翻在地的胡萝卜人。

烧瓶在水晶棺里被砸得粉碎，浅红色汁液流在了崔如意的裙子上，而在水晶棺旁边，柳嘉正气喘吁吁地站在那里，他不再被黑雾包围，重新显现在了怪物们的视野里。

戚梦萦僵硬地站在怪物群中，她似乎有些紧张过头了。但很快，她便回过神来，进入了战斗戒备状态。

易天爵也嗅到了危险的气息，握紧了手中的藤条。

"咻——"罗西不慌不忙地走到戚梦萦和易天爵的身边，优哉游哉地吹了声口哨，"哟，口哨也有耍帅的时候。"

"什么人？竟然胆敢坏我的好事！"费思园长震怒了，震耳欲聋的怒吼声将天花板上的吊灯震灭了一大半。

怪物们纷纷惊恐地抱着头躲到迎宾厅的墙边，四位闯入者彻底暴露在了费思园长和其他怪物眼前。

胡萝卜人尖叫着爬上楼梯，逃到了费思园长的脚边。


柳嘉和戚梦萦倒吸了一口凉气，罗西兴奋地扬起眉毛，易天爵索性扔掉了身上的黑袍，叉着腰直面费思园长愤怒的脸。

这时，四个人手腕上的乾坤手环开始猛烈地震动，发出警告——危险！启动狩梦人灵魂形态！

怪物们全都惊讶地看着大厅中央的四个人类少年。

"哪里来的小混蛋，"费思园长怒目圆睁，"破坏了我精心准备的宴会！让我在宾客面前颜面尽失！"

"那是我妈妈！我不能让你把她变成花！"柳嘉指着水晶棺，生气地大喊。

"是你妈妈？"费思园长阴险地将眼睛眯成一条缝，"那又如何？！臭牙，给我把这群小屁孩统统做成花肥！"

"是，园长！"臭牙领着几个手下穿过怪物群，朝他们包围了过来。

　　戚梦萦、易天爵和罗西全都站到了柳嘉的身前，准备挡住那些凶神恶煞的飞天猩和缝合怪。

　　"喂，启动狩梦人灵魂形态是什么意思？"易天爵暴躁地问。

　　"简单说，是你在梦域空间里战斗的特殊技能。使用的熟练度越高，反馈的精神能量就越多……"戚梦萦已经完全了解易天爵的思维方式，用一句话讲完了博古医生四个小时的课程内容，"比如我使用的火墙术，随着精神能量的提升，最终能进化成赤焰红莲……八爪者的朦胧妖雾，以及雪狼者的雪狱冰霓……也都是如此。"

　　"原来如此。"易天爵大喊，"大话精！你继续扫描，这些怪东西，都交给我！"

　　柳嘉喘着气，急忙点头。他赶紧重新启动手环，继续扫描。

　　"就你们这几个可怜的小鬼，还想挡住我们？"臭牙和缝合怪们捶着胸口大声嘲笑。

　　怪物们则纷纷围拢过来，尖厉地大笑着。

　　"喊，真麻烦。"眼看飞天猩和缝合怪们步步逼近，罗西不耐烦地冷哼了一声。他抬起手，一团蓝色的寒烟突然从手心升腾起来。

　　罗西往前一指，寒烟便蹿出了手心，朝他前方飞去，所到之处，弥漫着一片淡淡的蓝色冰雾，怪物们都在蓝雾中瑟瑟发抖，有几只瘦弱的缝合怪竟然直接被冻成了冰柱。

　　"发，发生了什么事？！"臭牙困惑地看着雾茫茫的四周。

　　"我们……好冷……"几个缝合怪身体颤巍巍地说着，直接倒地。而其他几个也像被按了减速键一般，只能缓慢地挪动。

"哼，装模作样。抢怪第一名。"易天爵不满地瞥了一眼罗西。

"冰霓术——你会吗？"罗西挑衅地扬起眉。

"白痴们——别发愣！快把他们抓起来变成花！"费思园长气急败坏地用鼻子大力哈气，一阵狂风刮过，罗西的冰雾被吹散了。

"哼，太不稳定了。"罗西不以为然地耸了耸肩膀。

而此时，从冰雾中恢复过来的飞天猩和缝合怪们似乎被彻底激怒了，龇牙咧嘴地嘶吼着朝四人扑过来！

"滚开！怪物！"易天爵怒吼一声，挥拳冲上前去，可是却像纸片一样被一只飞天猩结实的肌肉反弹倒在地上。

飞天猩发出一阵刺耳的嘲笑声。

这时，几只飞天猩和一群缝合怪朝易天爵抓去！

"易天爵！小心！"戚梦萦惊呼，"火墙术——"

戚梦萦闭上眼睛举起双手，一阵风从她的脚下升腾，将她的长发吹起。

与此同时，两团红色的火莲花出现在她的手上，她将两朵火莲花交叉朝易天爵身前扔去，火花落地，一道红线划出，空气中突然升起了一堵鲜红的火墙挡在易天爵的身前，附近的飞天猩和缝合怪被烈焰吞噬，大声惨叫。

柳嘉担忧地看了伙伴们一眼，对母亲崔如意的扫描丝毫不敢懈怠。

此时崔如意的双脚已经完全消失，扫描完成一半！

"咻——"罗西再次成功地用冰雾困住一大群缝合怪后，满

意地吹了一声口哨，"把你们变成冰雕玩具怎么样？"

"当心。"戚梦萦在罗西施放的冰雾范围外升起另一道火墙灼烧怪物群，气喘吁吁地说，"我的火墙术很消耗精神能量，估计支撑不了太久。"

"为什么只有我没有战斗技能？"易天爵满脸涨得通红，懊恼地从地上爬起来。他话没说完，就被从身后偷袭过来的长脸缝合怪一把紧紧地抱住了。

"呼！可恶的小鬼！"长脸缝合怪咆哮着，飞天猩和其他怪物也飞快地冲了过来。

"易天爵！柳嘉！小心！"戚梦萦大喊，她和罗西忙于应付不停扑上来的怪物们，完全分不出力量去帮助正在被攻击的易天爵和柳嘉。

易天爵气急败坏地挣扎着。

柳嘉则倒吸一口凉气，拼尽全力集中精神——黑雾再一次从皮肤里喷涌出来，将他紧紧包裹住，使得伸手抓他的臭牙扑了个空。

"护好我的花！"被堵在火墙和冰雾外的费思园长大喊。

臭牙听到命令，转身去抓水晶棺里的崔如意，柳嘉飞快地跳进水晶棺里，紧紧拉住崔如意的手，让他惊喜的是，黑雾顺着他的手臂飞快地覆盖住了崔如意的身体——瞬间，崔如意和柳嘉一起消失不见了！

臭牙惊慌失措地看着空荡荡的水晶棺，困惑地抓着头。

柳嘉死死地咬着牙，努力让黑雾不要散去，大颗汗珠从他苍白的脸颊上掉落下来，他感觉自己快要虚脱了——快了，快了，扫

描接近 90%！妈妈快要得救了！

"混……混蛋！偷走我的花！我绝不饶你们！"费思园长彻底愤怒了。

飞天猩和怪物们更加疯狂地朝罗西、易天爵和戚梦萦扑过去，尖牙利爪仿佛要将他们身体刺穿。

这时，臭牙察觉到了水晶棺内的异动——柳嘉虽然拼命地维持黑雾，但还是渐渐地露出了半边身体，黑雾正渐渐散去。

"臭小鬼，让我一顿好找！"它怒喝一声，高高地举起拳头。正当它要挥拳朝柳嘉攻击过去时，易天爵一声怒吼，用力挣脱束缚住他的缝合怪，挡在了柳嘉的身前。

一声闷响——臭牙像黑色岩石一般的拳头，重重地砸在了他的额角。

"滚开。"易天爵死死盯着臭牙，从牙缝里挤出一个声音。

柳嘉惊讶地看了一眼易天爵高大的背影，咬紧牙维持住黑雾，继续扫描。

"小不点，你挡在这里，不怕我把你捏成灰吗？"臭牙发出冷嘲热讽的低吼，"我已经看出来，你是这几个小家伙里最弱的——识相的，就马上投降认输吧！"

"投降？"易天爵发出一声冷笑，"绝不。就算投降，厄运也不会放过我，它只会把我打入更底层的深渊。而我许下的承诺，将永远无法实现。"

姑父和姑妈和蔼的笑脸，小表弟可爱的笑声在易天爵的脑海中浮现……刹那间，这些笑声与笑脸变成了凄惨的尖叫，以及毫

无血色的苍白面容……救护车的车灯与警笛声不绝于耳……他被强行送去隔离病院时的哭喊声,犹如利刃般刺进他的心里。

易天爵死死地握紧藤条,目光如最坚硬的岩石,心底爆发出怒兽般的狂吼——驱散梦魇灾难!我要报仇,绝不退缩!

"小子,你不怕死吗?"臭牙恐吓易天爵说。

"与其投降,宁愿一死。"易天爵恶狠狠地回答。

"臭小鬼,你叫什么名字?"臭牙低声闷吼。

"戏猴者——这就是我的名字,你怕了吗?"易天爵的声音铿锵有力。

"很好。我今天就让你彻底解脱——去死吧!"臭牙挥拳朝易天爵冲了过去。

易天爵与臭牙硬碰硬,完全不是它的对手!他的身上瞬间伤痕累累,藤条也碎裂成了无数块,掉落在地上。

就在这时,臭牙高高跳起,朝易天爵发起最后的攻击!

柳嘉惊声高呼:"易天爵!"

戚梦萦和罗西也察觉到了易天爵有危险,却仍然无法从缝合怪们的包围中脱身。

柳嘉伸出一只手,想要把易天爵拉进自己的黑雾中保护起来。

然而就在这时,易天爵突然爆发出一声雄狮般的战吼声!他死死地捏紧拳头,热血涌入大脑,一股强大的怒气在他的身体中流窜,令他的身体飞速胀大,身体的肌肉竟如坚硬的岩石一般凸出!

只是,身体的变化似乎也令易天爵感到无比痛苦,他大声

狂吼，喘着粗气。

当易天爵进化完毕，他的体态比臭牙更为高大，强壮有力的肌肉蕴藏着难以估算的力量，他此刻站在大厅中央，就像一个无敌的钢铁巨人！

易天爵转过身，龇出虎牙，挑衅地朝比他矮一个头的臭牙勾了勾手指。臭牙见情况不妙，转身想要逃跑。

易天爵挥起拳头便砸在了臭牙的脸上。臭牙惨叫着跌倒在地上，眼冒金星地直发愣。

"易天爵！"戚梦萦惊喜地大喊。

"干得漂亮，耍猴的终于领悟了'耍帅术'。"罗西坏笑，语气中竟有些羡慕。

"巨猿术——"易天爵大声吼叫，眨眼间便击飞了戚梦萦和罗西附近的所有缝合怪。但他的身体也因为能量的释放，缩小了一些，并且累得气喘吁吁。

柳嘉已经没有气力为易天爵高兴了……他的能量已经濒临极限。

黑雾消散，他和崔如意再一次暴露在怪物们的视线中。

戚梦萦用尽全力又制造了一道火墙，挡在朝柳嘉扑过去的怪物面前。

罗西呼着气，已经累得半弯下了腰，却仍全力施放冰雾。易天爵则皱着眉，赤手空拳地阻挡着四周的怪物，他的身体早已经被猩猩和怪物们抓得伤痕累累。

"已经98％了！"柳嘉咬紧牙，虚弱地说。过度疲累使他面

容苍白。

这时两只飞天猩扑了过来，柳嘉大叫着，用尽全力再次将母亲带入了黑雾中。

"你们这群——没用的混蛋！"费思园长的怒吼震得大厅里所有生物的耳朵隐隐生疼。

它气急败坏地在火墙和冰雾边游走，愤怒地喘着粗气："别

以为用一点雕虫小技，你们就能逃出我的手掌心。你们——还太嫩了！"

　　在所有人震惊的目光中，费思园长忽然腾空跳起。

　　当它再次落到地上时，大地发出了猛烈的震动，天花板上的吊灯、墙上的挂钟和壁画如雨滴般纷纷掉落下来。

　　"今天你们谁也别想离开这里！"

第十二幕 结束

与龙巢基地的
狩梦试炼

ACT

13

第十三幕

# 象鼻子水地狱

"是费思园长的绝技——天崩地裂术！"

"快让开！这个技能……可是敌我同伤的呐！"

缝合怪和飞天猩惊叫着，跌跌撞撞地往迎宾厅四周退散。

这时，别墅大厅的墙面和地板被震开了几十条巨大的裂缝，剧烈的轰鸣声中，地板突然坍塌。柳嘉四人随着地板的砖块飞快地坠落了下去，一些没来得及逃走的怪物和飞天猩也纷纷惨叫着，一起坠落到地板下巨大的坑洞里。

"花！我的花不见了！"大厅里响起费思园长怒不可遏的声音，"给我上！不要放过这群肮脏的小鬼！"

柳嘉摇了摇头，醒过神来，发现自己和三位伙伴正趴在坍

塌大厅下方的坑洞里，周围还有一地散了架的缝合怪和几只晕头转向的飞天猩。

"柳嘉！扫描……"戚梦萦吃力地抬起头问。

柳嘉赶紧看了一眼手环，露出欣喜的笑容，伸到三位伙伴的面前，手环上面浮现出一行文字——**扫描结束，任务完成**。

"太好了！那我们……"

"现在可不是高兴的时候。"

易天爵冷冷地打断了戚梦萦的话，他和罗西双眼死死地盯着头上巨大的坑洞口，而在坑洞口的周围，密密麻麻地围满了气急败坏的缝合怪、飞天猩以及怒气冲天的费思园长。

柳嘉惊吓得吞咽了口唾沫。

"哼，臭小鬼，看你们往哪里逃！"费思园长凝视地下坑洞里积蓄能量的罗西和戚梦萦，又看了看身边的残兵败将，愤怒的象鼻甩在身旁的胡萝卜人头上，"罗卜斯基，还愣着干吗？"

胡萝卜人立马抛出一根绳索，顺着滑下坑洞。

同时间，围在小狩梦人周围的缝合怪和飞天猩，也朝他们冲了过去。

火焰的虚影在戚梦萦的掌心中快速凝聚成实体化，随着一声轻吟，两朵交织的火莲在坑洞中扩散开，形成一道燃烧的火墙。喷涌的火苗点燃了一些晕头转向的怪物的外套，阻挡住那群正准备冲锋的飞天猩，柳嘉视野所及的范围内霎时间变成了一片火海。

"讨人厌的臭小鬼！"胡萝卜人咬牙切齿地说，"就知道放火……比板牙兔还要可恶。"

"罗卜斯基，给我上——"

费思园长甩开象鼻子，从大厅一旁的储水桶中吸满一大口水。

他的身体散发出灰色光芒，他将象鼻瞄准火墙和小狩梦人们，一道带着肥料气息的灰色蒸气冲刷在胡萝卜人脸上，胡萝卜人双眼散发出喜悦的光芒，浓郁的灰色蒸气不断地向上蒸腾，在坑洞上空形成一片浓稠如雾的雨云，淅沥沥的灰雨从天而降，这些灰雨就像浓稠的泥水，落在火墙上迅速将火焰吞噬，落在火海中，雨点所及的范围内，大火迅速熄灭了。

那些缝合怪站在灰雨中，被烧得体无完肤的身体开始迅速自愈。

看到灰雨从天而降，小狩梦人们立即后撤。

等到灰雨落到地下的时候，罗西和易天爵已经撤到了边缘处，柳嘉也及时开启了朦胧术，和戚梦萦一起狼狈地退出灰雨范围。

随着噼里啪啦的雨点声，缝合怪们踏着水波再次冲了上来。

"火墙术——"戚梦萦想要故技重施，但她的能量似乎不够用了，只有两道小火苗出现。缝合怪和飞天猩们瞪着戚梦萦，走到小火苗前，将火苗踩灭了。

"嘿嘿，没油了吧。烧啊，继续烧啊——"

胡萝卜人恶狠狠地看着戚梦萦，回头看到费思园长还在吸水，想了想后，吸了吸鼻涕，满脸矜持地说："臭牙，快醒醒，给我上——"

几只飞天猩将臭牙从碎石堆中刨出来。它在之前与易天爵的战斗被揍得很惨，后来又被费思园长施展天崩地裂术不小心

误伤，现在已经奄奄一息了。

"呸，没用的家伙！给它灌点儿药……"胡萝卜人从口袋中掏出一根试管，将试管里的浓液倒入臭牙的嘴巴里，臭牙立马睁开了眼睛，精神也逐渐恢复了过来。

"麻烦精，让一让，换我来！"易天爵暴躁地抡了抡胳膊，然后从地上捡起一块看起来还不错的砖块，拿在手中掂量了一下。

"我需要休息一会儿。"戚梦萦的脸色有些苍白，看上去像是用力过度了，"谨慎一点儿，易天爵！"

在胡萝卜人的指示下，缝合怪们拥着飞天猩和臭牙缓缓逼近。

胡萝卜人带着怪物们走到易天爵不远处，高高举起手中的试管，"嘿嘿，臭小鬼，如果你以为，我会让臭牙和你单挑浪费宝贵的时间，那你就大错特错了！其实，我只是想让它看到我战斗时的英姿。请看——胡里奥·罗卜斯基的独门战法——噗！"

易天爵将手中的砖块用力砸在胡萝卜人的脸上，胡萝卜人应声倒地。

"糟糕，胡里奥大人被暗算了！"

"胡里奥大人，你还好吧？"

飞天猩和缝合怪们赶紧把胡萝卜人搀扶起来。它的脸上被砖块砸出一道红印子，此刻进的气多出的气少。

"臭，臭小鬼……可，恶啊……不，不讲武德！"胡萝卜人两眼翻白。搀扶它的缝合怪吓了一跳，手一松胡萝卜人再次后脑重重砸地。胡萝卜人一脸寂灭，看上去好像快不行了。

"反派就是话多。"易天爵嘟哝着，从地上又捡起一块砖。状

态还没有完全恢复的臭牙和缝合怪们赶紧后退得远远的。

"真是废物!"看着坑洞下那群不争气的怪物们,费思园长郁闷极了,"一个能打的都没有!"

"盲人摸象!都给我上!"

费思园长一声怒吼,灰色的雨云再次汇聚,淅淅沥沥地淋在怪物们的头顶上,怪物们的眼睛慢慢变红了,发出森林野兽般的嘶吼。

"口哨,玩过滑梯吗?"

罗西瞄了易天爵和戚梦萦一眼,撇着嘴对柳嘉说:"看我来演示——"说着,罗西施展冰霓术,但目标并不是缝合怪和飞天猩一伙,反而偷偷将冰霓吹向被费思园长喷过水的地面,悄悄地冻结起了一层薄薄的冰霜。

"小子!你完了!"臭牙带着飞天猩和缝合怪们一往无前地朝易天爵所在的方向冲去,半途却突然发现刹不住车了,纷纷与易天爵擦肩而过,脚底抹油般朝墙壁冲去,然后一个个砸在罗西早就设计好的冰棱上……

"啊——呜!""哇——""呕——""吼——"怪物们疼得哇哇大叫,瞬间从费思园长的秘术中清醒了过来,丢盔弃甲地趴在冰棱上唉声叹气、怨声载道。

"臭小鬼,是你们逼我的!我要将你们做成干花,永远地枯萎在这个梦域碎片里!"

费思园长拿出一本薄薄的黑皮记事簿,这本记事簿的封面是一条曲折且瑰丽的花园小径。幽月当空,小径尽头是一位老人牵着小孩的背影。

"神秘的记录者，请赐予我潮水的力量！"

费思园长笨拙地翻开了记事簿，面对在冰棱上挣扎、满地打滚的飞天猩和缝合怪们，他狠心地撕下了其中一张书页。撕落的书页在费思园长的手中化成了点点灰光，他的面前凝聚出一个巨大的战象虚影。

虚影犹如雾气，被费思园长吸纳到象鼻中。

"象鼻子水地狱！"

三颗水球连成一条弧线，朝着罗西移动轨迹的落点飞去。

水球"轰轰轰"接连炸响，可惜都被罗西巧妙地躲开了。

一道灰色水柱出现在易天爵的面前，易天爵立即启动巨猿术，他的身体迅速膨胀，手臂上青筋鼓起，一拳捣在了水柱上，数百道水花在易天爵的拳头上炸裂。

柳嘉拉着戚梦萦，躲在朦胧术中，差点被炸裂的水花逼出原形。费思园长喘着粗气，将水炮集中朝目标最明显的易天爵

发射。

罗西释放出大量冰霓，将一块大石板冻结成钻石形状的盾牌，另外，还不疾不徐地打造冰砖。

"耍猴的，雪人敲冰砖，会不会？"罗西一边灵巧地躲避水球，一边对易天爵大喊。

"会你个头，死鱼眼就知道跑路！"易天爵赶紧捡起冰盾，去抵挡费思园长的水柱，水柱冲击在尖锐的盾牌上，水花四射，但毫无效果。

时不时地，易天爵还接到罗西传递过来的冰砖，朝费思园长的脑袋上砸去。费思园长一边喷水，一边在旁边怪物们的大呼小叫声中躲避。

"园长，左边！"

"小鬼朝右边扔了，园长快躲！"

"哎哟，怎么扔我呢？"

"好准！"

没过多久，费思园长的脑袋上被砸出了几个包，坑洞里也变成了一片水泽。

"哼，小跳蚤们别得意！看我的腐蚀水柱！"

费思园长的象鼻子也被易天爵砸了几下。他的脸涨得绿绿的，一声大吼，象鼻里喷出的水柱，全变成了绿色。

"小心，易天爵，快躲开！"戚梦萦和柳嘉躲在黑雾中大声提醒。

"耍猴的，再不跑，你就变成绿色泡面者了！"罗西赶紧躲到柳嘉的黑雾里，"不得不提醒你，钻石盾牌，质量不怎么样！"

易天爵自信地撑起冰盾，但是没过一会儿，冰盾就被那道绿色水柱腐蚀融化了，直到内藏的石板被击碎，易天爵的身体被一股巨大的力量击飞，水柱彻底摧毁了易天爵的防御，他倒在地上的水泽中，体型逐渐缩小。

第十三幕 结束

第十四幕

# 隐藏的壁画密室

　　费思园长冷着脸，甩开象鼻子再度从储水桶中咕噜噜吸水。

　　绿光闪烁，他一边监视着狩梦人所在的黑雾，一边喷出一道长长的水柱，当他瞄准仍然在地上不停抽搐的易天爵时，心里突然升起不太妙的预感，就像有人在他心口重击一拳，费思园长几乎毫不犹豫，赶紧扭头朝后躲避。

　　两朵火莲不分先后地落在他脚边的地板上，一道火墙猛烈燃烧起来。

　　如果不是他及时躲开，估计此刻身上已经在冒黑烟了。

　　瞅准时机，罗西冲出黑雾，释放冰霓术冻结易天爵身上的绿色液体。柳嘉也冲过去，将易天爵和罗西一起拉进黑雾中。

看到狩梦人全都躲进了黑雾里，费思园长气急败坏地再次凝聚出一道浓密的绿色水柱。

"右边角落，他看不见。我去引开他。"柳嘉艰难地咽了口唾沫说。说完，柳嘉推开戚梦萦和罗西，驾驭黑雾朝左边角落奋力跑去。

"小老鼠！看你往哪里跑！"

费思园长志得意满地瞄准了柳嘉所在的黑雾。一道绿色水柱朝黑雾冲击过去，黑雾果然被慢慢腐蚀了，露出了柳嘉惊慌的身形。

"嗯，还有三个呢，怎么不见了？"费思园长纳闷极了，"得了，抓住一个算一个！"

"口哨，这边跑！"罗西释放冰霓术，仓促间用石板制作了一面坚固的凹形冰镜。

柳嘉赶紧一路"之"字形跑过去，一道冲击力十足的绿色水柱犹如犁庭扫穴般紧随其后。

"柳嘉，使用朦胧术穿过冰镜——"戚梦萦大喊。

"明白！"柳嘉来不及思考，赶紧在绿色水柱的追击下冲过冰镜。

当柳嘉气喘吁吁躲在凹形冰镜后，侧过头看去的时候，令他大吃一惊的意外发生了，绿色水柱竟然被冰镜反射，以一个诡异的角度，放大了一倍，朝费思园长和他身边看热闹的怪物们冲击过去。

"哇！"

"好恐怖！"

"园长！饶命！"

费思园长来不及收手，鼻子喷出的绿色水柱将自己击飞到半空，他粗壮肥胖的身体被水柱冲击浮空了十几秒。

"砰！"费思园长一身漆黑，倒在了地板上。

"臭小鬼，我、我一定饶不了你们！"费思园长摇头晃脑，从地上缓慢地爬起来，他擦了一把眼泪，幽幽地说道。

"罗西，戚梦萦，怎么回事？他狠起来自己都打吗？"柳嘉一脸迷茫。

"这也行？"缓过神来的易天爵目瞪口呆。

"这就是好好学习的意义。"戚梦萦捂着胸口，回头望着柳嘉和易天爵，语重心长地说。

"切，三角函数的简单运用而已。"罗西止住微微颤抖的双手，一脸灿然不以为意地说。

地下坑洞里沉寂了下来，只有费思园长的咒骂声仍在头顶时断时续着。


"战斗结束了吗？接下来该怎么办？"柳嘉感觉自己浑身无力。满身伤痕的易天爵走到柳嘉面前，一把将他拉起来。

"我正在联系夜行者，尽快找到安全撤离路线……"戚梦萦打开乾坤手环，低头输入指令，查看资料。

忽然，戚梦萦的手臂传来一阵刺痛，一支黑色水箭无声无息地射中了她的手臂。随着戚梦萦的一声惨叫，狩梦人们赶紧聚拢到她的身边。

"什么人？"柳嘉和易天爵朝周围看去。除了倒在水泽中的

残兵败将，坑洞上方和四面墙壁上，并没有敌人出现。

"看那边——"罗西目光炯炯地提醒。

这时，又一支黑色水箭袭来，这一次的目标是罗西，被全神贯注的罗西轻松地躲开了。

大家扭头看去，只见坑洞靠右边的一面墙壁上，有一副奇怪的画像。

画像里的情景，柳嘉好像在一次噩梦中见到过。画中描绘的是一个头戴荆棘王冠、面容模糊的少年，与许多傀儡娃娃一般的玩偶，端坐在一张长长的餐桌上吃最后的晚餐。荆棘王冠少年的手上端着一个明晃晃的杯子。

黑色水箭就是从杯口中射出的。

"戚梦萦，你还好吗？"柳嘉感觉有些不太妙。

"没事，这支水箭并没有杀伤力。"戚梦萦有些虚弱地说。

罗西举起一盏原本悬挂在身后柜子上的水晶灯，走到画像墙壁上仔细观看，寻找机关的蛛丝马迹。他看了一会儿，对戚梦萦说："你不过来看看吗？这幅画像里有一个隐喻。"


狩梦人们在坑洞壁画前窃窃私语。

另一边，费思园长再次愤怒地掏出黑皮记事簿。

"看来，那位大人不会过来了……既然如此……这几个小鬼，实在是太嚣张了。"

费思园长吸了一下鼻子，想起很多年前，当他还是一只在动物园里感染疾病、快要死去的幼象时，一群捣蛋的人类小孩，用胡萝卜扔它鼻子的往事……那时候的它，希望自己能被埋葬在

一个荒无人迹的山谷里，从此以后不被打扰……四周最好植物丛生，蓝天白云，面朝大海，春暖花开……生死弥留之际，一个头戴荆棘王冠的少年出现在它的面前，和它做了一个不同寻常的交易。

从此之后，他成了费思园长，拥有了一处专属于自己的残破荒岛。荆棘少年每过 20 年就来他的幽伶花园参观一次，指导他按照一张早就设计好的图纸建设梦中的理想花园。

"往事如利箭，劈开逆流河，幽伶汇入海，天意不可违……"荆棘王子对费思园长最后叮嘱说道。

如果有一天，他被命中注定的水流击中，那幽伶花园也将不复存在……

费思园长头痛欲裂，他知道自己的头痛症又犯了。既然想不了太多，就按那位大人的吩咐，将黑皮记事簿中倒数第二页撕下来吧。

坑洞下方，罗西和戚梦萦仍然在小心翼翼地探查壁画的秘密。

"罗西、戚梦萦……"柳嘉环顾四周，不妙的感觉愈发强烈。

"麻烦精，看够了没有？"易天爵也有些不耐烦起来。

戚梦萦一脸专注地凝视着壁画，手指在一个个傀儡画像上掠过："罗西……这些画像好像欲言又止……"

罗西却一脸疏朗："嘁，装神弄鬼……每个人眼神里面都有一个数字，连起来就是进入密室的密码。"

"密室？什么东西？宝藏吗？"柳嘉心里在打鼓，既紧张又好奇。

"我有一个问题，敌人，都被打败了对吗？"易天爵突然询问。

这时，数支黑色的荆棘，犹如密密麻麻的蚂蚁，从壁画中缓缓朝地下坑洞的水泽中蔓延……胡萝卜人忽然在水泽中四肢抽搐、动了一下。而其他的怪物们，也都慢慢地坐起，继而一脸残暴地摇摇晃晃站了起来……

"小鬼们——你们大意了——"费思园长的声音悠悠响起。

狩梦人们惊讶地朝坑洞上方看去，发现费思园长、所有的飞天猩和缝合怪们，都完好无损地伫立在坑洞四周。只是它们浑身冒着黑气，一条条荆棘花纹在墙壁、地板和水泽中扭曲、缠绕、蔓延……慢慢地暗淡，直至消失不见了。

缝合怪们不知道从哪里找出来许多黑色的荆棘，飞天猩挥舞着粗大的石棒……看到这一幕，不知道为什么，柳嘉反而松了一口气。

"手下败将……你还要继续喷水柱吗？"罗西一脸无所谓地说。

他指了指那面凹形冰镜，易天爵顺势走了过去。

"来啊……喷吧，试试看。"

费思园长理智地压下怒火："哼，小鬼们，我才不会上当！"

"对，同样的手段，不可能对费思园长使用两次。"一群缝合怪在旁边随声附和，"就这样围困你们，你们哪里也跑不了！"

"找到了，输入密码的地方在这里。"戚梦萦一声低语，"拖住它们，马上就好。"

在费思园长的指挥下，缝合怪和飞天猩们开始朝狩梦人们砸东西，一张张餐桌、奇怪的食物和饮料还有一些碎石块以及荆棘箭不断地飞过来。易天爵连忙扛起凹形镜，躲到壁画前保护所有的小伙伴们。

"耍猴的，不用举起来，可以省点儿力气。"罗西皱着眉问戚梦萦，"还没好吗？"

"我们得快一点儿。"柳嘉也对身旁满头大汗的戚梦萦说道。

易天爵和罗西环顾四周，胡萝卜人和缝合怪们都小心翼翼地包围了过来。

"现在怎么办？"柳嘉一脸担忧地问罗西。

"罗卜斯基，还等什么？废物！快把这些小鬼做成干花！"费思园长恶狠狠地说。

胡萝卜人如梦初醒般从地上跳起来，看了看怒气冲天的园长，又看了看自己的小胳膊小腿，最后一跺脚，大叫："拼了！"

胡萝卜人发出尖厉的笑声，他突然拿出十几根试管，恶狠狠地说："呜……痛死我了……你们这帮小鬼，破坏园长大人的新花，还用玻璃瓶和烂肠饼砸我的头，我都忍了。最后竟然用

砖块砸我的脸……实在是太欺负人了！"

胡萝卜人抽泣了两声，说："呜……我胡里奥·罗卜斯基跟你们拼了！看我的'膨胀术'！我要把你们变成——哇！哦！"

两块飞来的冰砖砸在胡萝卜人头上，打断了他喋喋不休的喊话。

"恶心。"易天爵咬牙切齿地说，"我不喜欢它的试管。"

"我也不喜欢。"罗西撇撇嘴，难得和易天爵意见一致。

"我们得赶紧逃！"柳嘉往地面四处搜索，地上没有冰砖了。

"看这边！"戚梦萦竭尽全力地拉开了一扇掩藏在墙壁后的笨重大铁门，大声召唤她的伙伴们——门后出现了一条窄小的密道。

第十四幕 结束

嘻嘻……
扎你哟!

梦域空间

与龙巢基地的
狩梦试炼

ACT
**15**

第十五幕

# 梦魇噬魂珠

"不——那是幽伶小径的通道，别让他们进去！"

费思园长看见四人朝铁门内跑去，愤怒地大喊。他强行命令身边剩余的缝合怪和飞天猩纷纷咆哮着跳进了坑洞里，携上坑洞里还能爬起来的怪物，朝四人追去。

"快进去。"

戚梦萦让三位伙伴先穿过铁门，她咬牙用最后的精神能量制造出两团火焰，朝追击过来的怪物们划去——一道火墙出现，将刺耳的尖叫声挡在了后面。

戚梦萦稍稍松了口气，可当她正准备转身走进门时，火墙后突然传来胡萝卜人狰狞的大叫声。

"臭丫头！别高兴得太早！"

之前的战斗和探查，已经让戚梦萦累到意识有些模糊不清了，她动作迟缓地关上铁门。

突然，一支利箭射中了她的左脚。

她低头看过去，发现射中自己的竟然是胡萝卜人的一根试管。浅红色浓液流在了她的脚背上，很快，她的左脚渐渐失去知觉，缓缓变成了绿色的树根。

"戚梦萦！"柳嘉惊叫着扶住昏倒的戚梦萦。

此时，关闭的铁门外响起了怪物们气急败坏的砸门声。

"我来！你们快走！"易天爵将昏迷的戚梦萦扛在肩上，沿着密道一路狂奔，柳嘉紧跟着跑了一小段，回头却发现，罗西并没有跟上来。

"罗西！你怎么不跑了？"柳嘉停下脚步，转头发现，罗西正在上下打量着潮湿的密道。

"再陪他们玩玩。"罗西说着，一边将密道的地下水引导到铁门上，一边施放冰霓术。

很快，潮湿的铁门上冰块层层叠加，严寒将门死死地冻结住了，连门外怪物们的叫嚣声都渐渐隐去。

柳嘉欣喜地想要夸赞罗西两句，易天爵却抢了先。

"哼，死鱼眼，头脑确实不错。"

"压制这些低智蠢蛋，理所当然。"罗西不以为然地说着，从柳嘉和易天爵身边走过。

柳嘉惊讶地发现，罗西右手的五根手指都已经被冻成了冰柱，指尖上裹着厚厚的白色严霜，融化的晶莹水滴顺着他的手

指滴落下来。

"罗西，你的手……没事吗？"柳嘉担心地问。

"担心你自己吧。"罗西冷哼一声，"很快，你就是无爪者了。"

柳嘉困惑地低下头，蓦然发现，自己的两只手臂漆黑如墨，这才感到一阵阵针扎般的疼痛。

"哼，真没用。"易天爵把肩膀上的戚梦萦扛好，"你们可以开始庆幸，还好有我戏猴者在。"

"哦？"罗西不以为然地扬起眉毛，继续往前走，"与其叫你'戏猴者'还不如叫'泡面者'，肌肉胀得再大，也是被猴耍的一根面条。"

"死鱼眼，单挑吗？"易天爵气急败坏地大吼，朝罗西追了过去。

柳嘉赶紧跟在他们身后，这时，他发现双脚好像也已经黑

色炭化，踩在地上，如踏针毡，钻心地疼。

没过多久，他们走到了密道的尽头。

怪物们似乎没有再追过来。

可左脚变成树根的戚梦萦也一直没有苏醒。乾坤手环没有再发出任何新的指令。他们的面前也已经无路可走。

"现在该怎么办呢？"柳嘉忧心忡忡地问。

罗西沉默地打量挡在面前的石墙，似乎在寻找着什么。

易天爵揉起了拳头，看样子是想把这堵石墙打破。

这时，柳嘉感觉到胸口前的帆船在微微发热，一种不知从何处而来的奇妙感觉，悄然无声地指引着他，朝旁边的墙壁伸出了手掌。

忽然，他摸到了一块凸出的岩石，按下后一扇石门轰然打开了！在柳嘉和伙伴们惊讶的目光中，一个光线阴暗的房间出现在石门后。

只是，他们并没能高兴太久。

当他们穿过石门，走进房间，借着插在墙上那些燃烧的火把的光亮，他们看见，房间的墙面上还有另外十二扇石门。

这十二扇门长得非常相似，都是由湿滑的石块砌成的圆形拱门，门后黑乎乎的什么也看不见，不时传来水滴声和老鼠阴森的尖叫声。

而在这十二扇门边各有一尊石雕骑士，只有最中间的那扇门旁的石雕骑士手中拿着剑，拿剑的石雕骑士脚下，方形的石墩上刻着几行字。

柳嘉凑上前去仔细观看，突然惊呼起来："我们要通过圆桌十二骑士的考验，将最后一把剑插在正确的位置，就会找到骑士守护的门。"

柳嘉稍稍沉思，郑重地放上最后一把剑，其中一扇门后的通道突然亮起了灯。

三人交换了一个眼神，一起朝那个通道走去。

这个通道并不长，尽头是一个陡峭的楼梯。

他们带着负伤的戚梦萦费力地爬上去，当他们推开楼梯最上方的那扇铁门时，发现门外竟然是一个挂满海草的露台！

露台背面是悬崖峭壁，下方是一片波涛汹涌的大海。海浪卷着白沫涌上了露台，却被露台扶栏的石柱切割得支离破碎。夹杂着雨点的狂风让他们在露台上几乎站不稳脚。

而让众人惊讶的是，在露台中央有一个圆形的砂石高台，高台上方悬浮着一颗闪耀着鲜红火光的圆珠。

一缕黑气仿佛拥有生命一般围绕在光珠的周围，摇摆游弋着。

看着这颗光珠，那种奇妙的感觉再次在柳嘉心底升腾起，他不自觉地走了过去，仿佛被呼唤一般，缓缓抬起手……

"别碰——"

刚刚苏醒过来的戚梦萦，忽然大叫一声。

可是已经来不及了，柳嘉的手指刚搭在光珠上，一阵灼烧感传来，他收回手指，转头困惑地看向戚梦萦。

易天爵将戚梦萦放在地上，让她背靠着露台的石柱。

"那个是梦魇噬魂珠。"

戚梦萦虚弱地喘着气说："爸爸的《狩梦笔记》里有过记载，这颗圆珠就是支撑这片梦域碎片的核心，只是已经被污染了。将它消除，梦域碎片就会坍塌。"

"那我们现在应该怎么办？"柳嘉焦虑地问。

"净化……就可以了。"

戚梦萦挣扎着想站起来，可是变成树根的左腿传来一阵剧痛，令她扑倒在地。

"做不到就别逞强。"罗西走到梦魇噬魂珠前，点了一下手腕上的乾坤手环，"'梦魇净化'，应该就是用这个功能吧。"说完，他将手环对准了梦魇噬魂珠，乾坤手环猛烈震颤起来，发出一道冰蓝色的光。

梦魇噬魂珠周围的空气开始缓缓地震动。

易天爵皱紧眉头警惕地观察着变得越来越明亮的噬魂珠，忽然他大叫一声，用力推开了罗西，挡在梦魇噬魂珠的前面。

"让开——"易天爵的话音还没落下，费思园长和它的飞天猩仆从，以及那一大群缝合怪们，突然从灵魂珠周围颤抖的空气中显现，身体变大的易天爵一瞬间便被缝合怪们撞飞，飞天猩用钢叉将他压制在地上。

"戏猴者！"

"易天爵——"

柳嘉和戚梦萦惊讶地喊道。

"哈哈哈——你们想逃？没那么容易！"费思园长怒吼，"保护噬魂珠，把这几个臭小子给我扔进海里喂鱼！"

"别管我……快逃!"

易天爵的脸被臭牙死死地摁在地面上,咬牙切齿地说。

"不!我们不会扔下你!"柳嘉激动地大喊。

戚梦萦拼命想抬起手,手臂却像生了锈,完全无法按照她的意志行动。

罗西不耐烦地撇撇嘴,手心里升腾起一团旋转着的巨大冰雾。他举起冰雾朝困住易天爵的猩猩以及缝合怪们冲过去,一瞬间便将它们全都冻成了冰块。

易天爵感到压制自己的力气突然变小,便飞快地从地上跳了起来,身体再次迅速变大,将扑上来的怪物和猩猩们击飞出露台。

"垂死挣扎,是没有任何意义的!"费思园长大吼一声,甩着它的长鼻子横扫过来,直接卷在了罗西的腰上,将他拍飞到露台后的悬崖上,罗西掉落下来。

"罗西!"

戚梦萦刚想要爬过去查看罗西的状况,却被满头是包的胡萝卜人一把拽住了变成树根的左脚。

"哈哈哈哈!来,乖乖,让我把你变成一棵美丽的树吧!"

戚梦萦倒吸了一口凉气。

"滚开!"

柳嘉挥着拳头便朝胡萝卜人冲过去,可是他的双脚忽然离开了地面,整个人被突然出现的臭牙拎到了半空中,完全没有还手的余地。

而此时,易天爵也终于寡不敌众,体力不支地再一次倒在

了地上，被怪物军团围剿。

"柳嘉……快……净化噬魂珠……消除这个梦魇灾难……完成任务！"戚梦萦奋力抵抗着想要把浅红色浓液灌进她嘴里的胡萝卜人，咬牙切齿地说。

柳嘉惊慌失措地看着遍体鳞伤的同伴们，一股强烈的恨意突然冲进了他的心里。

事实上，柳嘉的力量早已耗尽，先前无数次，他尝试再次释放黑雾，都没有成功——而此时，连他自己都感到奇怪，一团巨大的黑色浓雾出现在了他的周围。他轻松地脱离了臭牙的掌控，不理会仍随着海浪潮汐翻腾并冲他怒吼的费思园长，径直走到了梦魇噬魂珠前。

梦魇噬魂珠发出了诱惑般的低鸣，柳嘉的心忽然没来由地一阵慌乱——

"我有黑雾保护，自己逃跑吧，为什么还要管其他人呢？

"要不……留下这颗珠子吧，说不定能给我带来意外的财富和能量！

"其实留在这个梦域碎片里也不错，费思园长会喜欢我的！"

"呜——"

胸前的帆船项链突然变得灼热，皮肤被灼烧的疼痛让柳嘉回过神来。

他用力甩头，将脑海中喧嚣的细小杂音全部驱散干净。

刚才在胡思乱想些什么？

他怎么会做那种事情？他，柳嘉，是狩梦人柳真夜的儿子。他的父亲，为了保护自己的同伴，可以牺牲自己。而如今，他的

伙伴们也为了帮他救妈妈，不顾自身安危，陷入险境……

他曾答应过他的父亲，一定要成为让他骄傲的男子汉！

无论如何——他都要保护大家，让伙伴们好好地活下去！

柳嘉抬起手臂，用乾坤手环对准了梦魇噬魂珠。一行字浮现在手环上——净化开始，时间预计十分钟。

十分钟？！柳嘉吃惊地吸了口冷气。

他回头望着仍在苦苦挣扎的伙伴们——别说十分钟，恐怕一分钟大家都已经支撑不住了！

该怎么办？柳嘉陷入痛苦的矛盾里。

一幕幕画面交替在他脑海中闪过。他曾和父亲在夕阳下紧紧拉钩，许下男子汉的承诺。

伙伴们为了帮他救妈妈，在梦域训导室一个接一个地挺身而出。

还有老院长的叮嘱：人生中的每一个选择都足以改变命运，一定要谨慎，时刻保持清醒……

柳嘉望着眼前的梦魇噬魂珠，他深吸了一口气，最后一把抓住，高高地举了起来——与其束手无策，不如向死而生！

他是队长，这是他做的最后决定。

柳嘉大喊一声，将梦魇噬魂珠用力砸在地上！

"砰"的一声脆响，梦魇噬魂珠在一声凄厉的尖叫声中碎裂成了无数片。

"不——混蛋！看你都干了什么！"

费思园长尖声惨叫，巨大的海浪奔涌而来，扑打在露台上，所有人和怪物都湿透了。

园长伸出手死死抓住柳嘉的脖子，而此时一声巨响传来。

所有人朝露台的后方看去，眼前的一幕让他们全都震惊得瞪大眼睛，说不出话来。

整个空间都已错乱了。

费思园长的白色别墅倒立在天空之上，犹如被推到的积木一般，砖墙散落得到处都是。幽伶花园像则一张巨大的纸片，呈90度角折叠起来。

残破的砖瓦、泥土和植物在空中乱飞，悬崖碎裂崩坏。

园长和众人转过身，看见大海竟然被切割成了无数块，有的"海水块"直立着，像一堵悬崖峭壁，有的如海绵般向内卷曲，还有的悬挂在天空中……

巨大的礁石在半空中浮动，令人颤抖的隆隆轰鸣声不绝于耳。

"园、园长！现、现在怎么办？"胡萝卜人战战兢兢地问。

"我……绝对不会饶过你们的！"费思园长大叫一声，纵身跳进了大海里。

缝合怪和飞天猩纷纷抱着头惨叫着不知所措，柳嘉释放黑雾，隐匿其中，然后飞快地跑到三个伙伴身边，将他们也拉进了黑雾里。

"梦域碎片坍塌了。"戚梦萦气若游丝地抬起手腕。

乾坤手环上显示出了最新指令：与夜行者会合，迅速撤离。

—— 第十五幕 结束 ——

第十六幕

# 梦中的幻影游船

"砰咚——"

一声巨响，剩余的半边露台突然断裂，坠入大海里，连带着上面的怪物尖叫着翻滚了下去。

而剩下的怪物刚被露台的扶栏带上半空，又忽然被从天空砸落下来的海水吞没了。

臭牙死死地抱住露台边一根还未断裂的扶栏，胡萝卜人惊恐地用力拉住它的一边翅膀……可是它们没能挺过下一个巨浪，双双被海浪抛向半空中。

"我们得找个安全的地方。"柳嘉上气不接下气，双手死死地抓住伙伴们。

"喂……大话精。"

易天爵扶着身负重伤的罗西，指了一下露台不远处的一块巨大礁石："到那块礁石上去，这里快塌了。"

柳嘉点点头，吃力地扶起戚梦萦，牵住背着罗西的易天爵，四人一同在黑雾的保护下，穿过迎面而来的巨浪，吃力地跳下露台，来到了那块大礁石上。

此时，柳嘉的体能终于到达了极限，一下瘫软在石头上，黑雾消失了。

戚梦萦艰难地从口袋里掏出夜行者给她的金色口琴，用力吹响。奇妙的是，只有小指头大小的口琴，声音竟如清脆明亮的鸟鸣。

不仅如此，声波在半空中幻化成了一只透明的海鸥，振动双翼冲过迎面而来的海浪，敏捷地躲过了在半空中乱飞的碎石，朝远方飞去。

礁石上的四人吃惊地看着海鸥消失在悬崖拐角处，焦急等待着夜行者的回应。

不到一次呼吸的时间，在海鸥消失的地方，一艘窄小的木船出现在了悬崖边。

"是夜行者！"

柳嘉激动地睁大了眼睛。

小木船朝他们飞速驶来，然而令人绝望的是，一块礁石突然从天而降，直直地砸在了小木船上。

夜行者敏捷地跳到了邻近的一块浮板上，并没有受伤，可小木船却被那块礁石砸成碎片，消失在了海面上。

"我们完了……"柳嘉的目光黯淡下去了。

不仅是他，另外三个同伴也都面无血色。

夜行者狼狈地沿着浮空的岩石和礁石，跳到了他们身边。

"梦域碎片异变了，你们可做了件大事。"夜行者没好气地说。

"我们是迫于无奈。"柳嘉躺在地上，嘟着嘴低声解释。

夜行者看了一眼礁石上精疲力竭的几个小鬼，郁闷地哼了一声："才通过试炼的小鬼就能进入梦域碎片？老院长真会给我找麻烦！"

"0.5%。"罗西突然虚弱地轻哼。

"唵？"易天爵暴躁地龇起牙。

罗西面容苍白，微笑着抬手指了指右边："我是说，我们的生存概率。"

众人朝罗西手指的方向看去，一个六米多高的海啸像张开巨嘴的海兽一般，正朝他们奔涌而来。

柳嘉已经害怕得连惊叫的力气都没有了。易天爵也已经气力衰竭，完全不能动弹。罗西盯着越来越近的海啸，不再说话。

"到此为止了吗？"戚梦萦落寞地喃喃自语。

所有人都在等待着自己最后时刻的到来。

"小鬼！"夜行者突然一声大喊，看着柳嘉，"你脖子上的东西是——"

"帆船项链，我爸爸给我的。"柳嘉有气无力地说。

夜行者一步跃到了柳嘉身边，把帆船吊坠用力拽了下来，不由分说地扔进了大海里。

"喂！那是我的东西！"柳嘉愤怒地大喊。夜行者没有搭理

柳嘉，朝着海啸的方向，突然放声大笑起来。

"吓疯了？"罗西调侃地冷笑。

柳嘉和戚梦萦、易天爵面面相觑，此时海啸已经近在咫尺。

夜行者仍然放声大笑，就像迎接老朋友一般叫喊起来："5年了……5年！你在5年前陨落！5年后——你终于回来了！"

10米、9米、8米……

巨大的轰鸣声仿佛怪兽饥渴的咆哮，让柳嘉和伙伴们头晕目眩，眼看就要把他们吞没。

只有夜行者站在巨浪前纹丝不动。

就在这时，众人头顶上方的空气忽然像水面一样荡起了涟漪，涟漪越来越激烈。接着，一艘精致的帆船从涟漪的中央一跃而出，停在了所有人的面前！

飞溅在帆船周围的水花晶莹耀眼犹如星辰，如海鸥翅膀一般伸展开来的雪白船帆在闪闪发光！

"这艘船……"

柳嘉激动得快要发不出声音。

"没错，和你的吊坠一模一样。"夜行者接过了柳嘉的话，"别愣着，先上去再说！"夜行者一把举起柳嘉和戚梦萦，将他们扔到了帆船的甲板上。

易天爵扛着罗西，和夜行者一起攀爬帆船的绳梯，快速上了船。

"抓紧！"

在夜行者的大喊声中，海啸怒吼着吞没了帆船，甚至悬崖。

柳嘉感觉眼前一黑，他用尽全力抓住帆船甲板上的一个铁

环，身体被海水猛烈冲击着，感觉快要被撕扯成碎片了。

"柳嘉……柳嘉？"

不知道过了多久，像是一个世纪般遥远漫长。

柳嘉渐渐恢复了意识，当他缓缓睁开眼睛，发现自己竟安然无恙——不仅如此，他的三位同伴以及夜行者，也都趴在他身边的甲板上，气喘吁吁。

柳嘉稍微坐起身来，他发现帆船正飞在半空中，在彻底崩坏混乱的空间里，如同灵巧的蓝色海豚一般，带着他们躲避着

危险，并朝一个巨大的蓝色瞳孔冲去。而那个蓝色瞳孔正是他们进入这个梦域碎片的传送门，只是已经有一大半都崩塌了。

"糟糕！传送门要关闭了！"夜行者大声惊叫。

帆船仿佛听见了众人的呼唤一般，忽然加快了速度，朝瞳孔中央正在碎裂的黑色洞穴冲了过去。

"夜行者……"

戚梦萦虚弱地走到了夜行者旁边。

"我知道你要问什么，小火莲。"夜行者兴奋地转动着船舵，低声说，"这就是幻影游船，也是狩梦人的梦想之船。"

"召唤它的人梦有多大，意志有多强大，船就会有多大。主人是什么个性，船就是什么个性。这艘船，代表的是'小章鱼'此刻的意志与梦想。"

"我听说……幻影游船是用梦域石铸就，还具有超强成长性。"戚梦萦好奇地追问。

她与夜行者的悄声对话，都被坐在一块隔板后的罗西听进了耳里。

"幻影游船？有趣。没想到，口哨还有这样的好玩具。"罗西望着远处筋疲力尽的柳嘉，眼中闪过一道奇异的光泽。

柳嘉坐在甲板上，气喘吁吁地望着前方正在慢慢坍塌的"蓝色瞳孔"。

原来，这就是狩梦人的生涯……

在过去，他父亲所有的远航都是在各种梦域空间里穿梭，保护他和妈妈，还有米兰市的其他市民们……

每一次跃迁，都是一场舍身忘我的勇敢冒险。

"爸爸……"柳嘉将脸轻轻地贴在甲板上，仿佛像靠在父亲温暖而粗糙的掌心上，"我以前总是埋怨你很少回家……我现在明白了，你的航行不仅仅是为了保护大家，其实成为狩梦人本身也是一件很酷、很让人骄傲的事，对吗？我想……成为和您一样了不起的狩梦人。"

帆船发出轰隆巨响，犹如父亲强劲有力的心跳声，给予了柳嘉肯定的答案。

轰隆隆隆——

就在这时，一个愤怒的吼叫声从帆船的后方传来。

"别想逃！你们毁了我的世界，我要让你们陪我一起毁灭！"

众人震惊地朝船尾看去，发现费思园长突然出现在海面上，站在一块浮空的巨大礁石上！

它嘶吼着甩动起长鼻子，朝帆船侧舷拍打过来！

在它的身后，暗红色的天空出现了一个巨大的旋涡，正在将空间内的一切吞噬、毁灭！

"是费思园长！它想用鼻子拖住我们的船！"柳嘉挣扎着从甲板上爬起来，一瘸一拐地走到船尾。

戚梦萦再次举起双手，准备释放火墙。

"小心！"易天爵低吼。可是已经来不及了，费思园长的鼻子忽然调转方向，直接钩住了戚梦萦，妄图把她拽下船。

看见戚梦萦有危险，柳嘉毫不犹豫地冲上前，一只手抓住她，另一只手死死地抠住船帮，不让戚梦萦被费思园长拉走。

罗西虚弱地想从甲板上挣扎着站起来，却是徒劳无功。

他已经耗尽了所有的气力，只能眼睁睁地看着戚梦萦和柳嘉在船边挣扎。

易天爵咬牙怒吼着，拼命站了起来，拖着沉重的脚步朝船帮挪去。

就在这时，一个黑影飞快地从易天爵身边闪过！

夜行者在半空中将身体蜷成一颗巨大的球，用力撞击着费思园长的鼻子。

柳嘉突然回想起来，自己掉进灵魂逆流河中时，夜行者也是用这样的方式撞开水柱，救下自己。

"可恶啊——"费思园长彻底愤怒了，他用力拉扯戚梦萦的身体，柳嘉咬紧牙关，竭尽全力抓紧船帮和戚梦萦。

突然，一颗空中飞走的碎石撞了过来，砸中他的后脑勺，柳嘉双眼一黑，昏了过去。

"坚持住！"易天爵往前一扑，紧紧抓住柳嘉从船帮上滑落的手，他死死地咬着牙，把柳嘉和戚梦萦往船里拽。

夜行者更加猛烈地撞击费思园长的鼻子。

费思园长终于坚持不住了，松开了戚梦萦，易天爵趁势将戚梦萦和柳嘉拉回到帆船上。

"可以回来了，夜行——"易天爵转头想要通知夜行者，结果却发现，费思园长的长鼻子忽然愤怒地朝夜行者甩过去，用力缠住，将他由空中拽下了船。

"夜行者——"戚梦萦大声喊叫着，狂风卷积着石块和沙砾向他们击打过来。

"抓紧——别松手——"混乱的巨响声中，易天爵大喊。

众人匍匐在甲板上，死死地抓住船上的铁拉环，戚梦萦抬起头，泪眼模糊地看着夜行者和费思园长一起消失在天空中的巨大旋涡深处。

这时，帆船突然加快了速度，朝蓝色瞳孔中央冲了进去。帆船被浮动在黑色洞穴里的乱石击打得猛烈摇晃。

震耳欲聋的巨响在慢慢扩大的虚空中渐渐消逝……

最终，一切化为虚无。

第十六幕 结束

尾声

轻盈的鸟鸣声就像水晶一般清澈。

柳嘉浓密的睫毛微微颤动了两下，在清晨淡淡的阳光下，他缓缓地睁开了眼睛。

出现在他视野里的，是被阳光映照得明亮温暖的雪白墙壁。

淡蓝色的窗帘在风中轻盈地飞扬着，就像蝴蝶的翅膀。

这是哪里？柳嘉迷惑地眨巴着眼睛，努力回想。

他想要坐起身来，可才稍微挪动了一下，大脑便像被锤子用力敲打过一样隐隐作痛。

不仅如此，他的手臂和双脚酸疼得让他龇牙咧嘴，就像刚刚跑完了一场超级马拉松的全程。

他泄气地重新倒回暖烘烘的被窝里。

费思园长的怒吼、三个伙伴的大声呼叫，突然在他的耳边一一回响……

经历的那一切会是一个梦吗？柳嘉突然有些不太确定。

"咚咚咚——"

房间里响起了轻轻的敲门声。

柳嘉抬起头，发现戚梦萦从门缝里将头探了进来。她看见柳嘉已经醒过来，淡淡地笑着推开了门，在她的身后跟着一脸暴躁的易天爵和左手打着绷带的罗西。

"你们……怎么来了？"

柳嘉惊讶极了，心里却暗自高兴。

"他们在打赌你还要睡多久才会醒来，我过来看结果。"戚梦萦淡淡地说。

"喂，大话精，你醒得太早了。"易天爵的语气中带着一丝威胁，"我看你还可以再睡一个星期。"

易天爵一脸坦然，生龙活虎。他的模样完全看不出有任何的疲惫感，柳嘉觉得他的恢复能力实在太强了，简直就像个怪物。

"哼，"罗西得意地往嘴里扔了一颗比比怪味豆，"你们每人欠我一盒怪味豆。"

"等、等一下！"柳嘉捂着沉甸甸的头，从床上坐起来，"我到底睡了多久？"

"两天两夜。"戚梦萦回答。

"那么梦域碎片……"柳嘉有些担忧地问。

"解决了。"

戚梦萦脸上露出淡淡的笑意："崔如意阿姨已经被顺利救

出——她现在已经好多了。"

"另外，米兰市所有和崔阿姨一样，中了花粉幻象病毒的患者，都已经安全了。"

阳光照亮了柳嘉的眼睛，他脸上露出一个灿烂的笑容。易天爵更是不客气地一把搂住他的脖子，揉乱他的头发。

他感激地一一环视过经历冒险的同伴，然后等不及得到医生的允许，便跳下了病床，朝母亲的病房飞奔了过去。

当柳嘉来到母亲的病房门口，心情却变得紧张起来。

他伸出手缓缓地推开病房的门，只见在一片清澈的阳光中，母亲正坐在病床上。

当她看见柳嘉出现在病房门口时，面色红润的脸上露出了温柔的笑容，犹如一朵盛开在清晨的幽兰。

"妈妈……妈妈！"

柳嘉激动地扑进了母亲的怀里。他压抑了许久的心情终于放松了下来，忍不住大声哭泣起来。

崔如意微笑着，怜爱地抚摸着柳嘉的头发。她知道，这些年来，柳嘉独自承受了太多……

戚梦萦、易天爵和罗西走进病房时，崔如意朝他们轻轻打了个噤声。戚梦萦心领神会地点了点头，和易天爵、罗西站在一旁，没有出声。

"小嘉，妈妈的身体已经好多了。"崔如意温柔地说，声音犹如春天的雨滴，"妈妈做了一个好长好长的梦，在梦里，我看到了勇敢善良的小嘉，在努力保护妈妈。

"虽然这只是一个梦……但妈妈非常为你骄傲，相信爸爸如果知道了你的表现，也一定会为你感到自豪。"

柳嘉抽噎着抬起头。

崔如意用手轻轻擦拭柳嘉的眼泪，温柔的目光中透着勇敢和坚强。

"小嘉，虽然爸爸已经不在了，也许未来的生活会很辛苦……但妈妈想和小嘉一起勇敢地去面对。小嘉，我们一起加油，好吗？谢谢你，我的宝贝。"

柳嘉用力地点点头，喉咙哽咽得一句话也说不出。

他很不想在易天爵和罗西，尤其是在戚梦萦面前流泪……可他控制不住自己激动的心情。

在蒙眬的泪光中，柳嘉看见，母亲病床旁的床头柜上，那个八音盒被修理好了，正播放清脆的音乐，穿着白色芭蕾舞裙的女伶正在上面翩翩起舞。

戚梦萦轻轻地擦拭着被泪水打湿的双眼。

易天爵似乎也被崔如意的勇敢深深打动，用力抱紧了胳膊。

"大话精，你有个好妈妈。以后如果敢没出息，我会用拳头好好提醒你！"

柳嘉破涕为笑，感激地点了点头。

"无聊。"罗西独自在角落里嚼着怪味豆，冷傲的目光中透出一丝羡慕。

他随手拿起遥控器，打开挂在墙上的电视机。

正巧，电视里在播放新闻，一位女记者正站在瑞楠医院门口兴奋地报道："100多位花粉幻象病毒病人已经康复，正在陆续出院。"

柳嘉和戚梦萦、易天爵默默地交换了一个高兴的眼神。

"对了，夜行者呢？"柳嘉吸了吸鼻子问道。

病房里的氛围突然变得凝重，戚梦萦和易天爵都低下了头，罗西也不再吃怪味豆了。

"夜行者他……"

这时，四人手腕上的乾坤手环突然震动起来。他们走出崔如意的病房，站在走廊上，刚抬起手腕，手环上方便出现了博古医生严肃的面容。

"首先恭喜各位，解除了这一次的梦境灾难，解救了崔如意女士和米兰市的部分市民，也因此通过了最终试炼的考验。"博古医生声音低沉地说。

柳嘉和戚梦萦、易天爵、罗西交换了一个眼神，不约而同地露出笑容。

"但是——"

博古医生推了一下眼镜，表情变得越来越阴沉……

柳嘉倒吸了一口凉气，易天爵、戚梦萦，甚至连罗西也都感到大事不妙。

"根据夜行者返航后提供的行动报告——你们四人在执行任务时，犯下了至少117处错误，最后还擅自引发梦域碎片异变，显然没有把我在课堂上教授的知识听进耳朵里……"

"夜行者他没事吗?"柳嘉欣喜地问。

"他没事，不过我们有事了。"戚梦萦轻轻地说。

"可恶，早知道就让那个黑斗篷一直留在海边钓鱼。"易天爵龇牙咧嘴。

"背后打小报告? 无胆鼠辈!"罗西的眼角闪过一道冷冽的光。

走廊里的气氛越来越奇怪了……这种气氛像极了云碧华老师在批评他和易天爵之前的酝酿期……柳嘉惊惶得额头渗出冷汗。

"博古医生，请听我们解释……"

戚梦萦知道已经无法挽回，无奈地叹了口气。

易天爵咬紧牙，做好了迎接风暴的准备。

而罗西则直接摘掉了手环，和怪味豆一起塞进裤兜里。

博古医生怒气冲天的低吼声在走廊回响："你们，四个，立刻来梦域训导室，把1981条狩梦人法则——各抄写十遍加深记忆。"

"什么?!"

走廊里响起三声哀号和一声冷笑。

米兰市，花木社区。

翼飞河畔，一幢白色大宅的后花园，燃起了幽幽的火光。

银发老人正坐在花园旁边的摇椅上午睡。他感受到火光，缓缓地睁开了眼睛，被花园火光映照的脸上，表情变得越来越阴沉，丝绸般光亮的银发幽幽闪着冷光。

这时，一阵风吹过旁边茶几上的记事簿，涂写着《费思的幽伶花园》的那一页章节，毫无预兆地燃烧了起来……

绘制在这一页纸上的两只黑乌鸦，竟化成幻象，嘶鸣着从记事簿的纸面上挣脱……乌鸦才刚飞到半空，便化为灰烬，随风飘散渺然……

银发老人目光一凛，他挥动手中的羽毛笔，记事簿上燃烧的火焰，顺从地钻进了羽毛笔暗红的笔管里。记事簿又恢复到原来的样子，仅有最上方的那两页故事底稿被烧毁，只剩下一点点依然冒着火星的边角。

男孩洛依从光线昏暗的房间里走出来，吃惊地看着这一幕。

"死灰复燃……"银发老人合上记事簿，"狩梦人早已全军覆没。第二代狩梦人？哈，戚梦来果然老糊涂了。怎么，还想卷土重来吗？"

他瘦削的脸上露出了一个冷冰冰的笑容，一双黑曜石般的眼睛里闪烁着诡异的火苗："很遗憾，你所期待的，依然是毁灭与绝望！"

暗红的火苗中，记事簿封面上那只巨大的五眼黑色乌鸦，焦

躁地扇动着翅膀，羽翼下一行银钩铁划的瘦金书法字闪过一道邪魅的光泽。

《黑凰残魇·故事·童话集》

采集·编写·筑梦·黑凰先生

"洛依，你的头发又长长了，是时候去见见那个技艺高超的理发师了。"银发老人转头看向身后的男孩，"去吧，让我们一起为那位创世小女孩和混沌小木偶，续写一个精美的篇章……"

病房外的走廊上，回荡着柳嘉、易天爵和罗西的吵闹声。

戚梦萦走在三个男生的身后，听他们说着令人啼笑皆非的幼稚话题，忍不住轻轻笑出了声。突然间，她愣了愣，惊讶地摸着自己上扬的嘴角。

父母去世之后，她已经很久没有这样笑过了。

"呱——呱呱——"一阵鸦鸣声传来。

戚梦萦扭头朝窗外望去，发现灰色浓云下，一只黑鸦伫立在一株香樟树的枝丫上，五只红眸在它额头上诡异地睁大着。

当乌鸦注意到戚梦萦的视线时，它挥舞翅膀，发出一阵尖啸声飞走了。隐约间，戚梦萦仿佛听见一个古老的声音，在狂风中激荡。

"小女孩，残酷的梦魇即将袭来——你，准备好了吗？"

梦域空间
与龙巢基地的狩梦试炼
落幕

敬请期待第3册

# 超能小英雄

周六的下午，花木苑小区的 6 栋 109 室里传来闹哄哄的声音。

隔壁 108 室孀居的许老太，站在小区后院草坪上，一边假装练习太极，一边伸长脖子窥听着从邻居家传来的此起彼伏的喊叫声。

作为花木苑小区"109 遗弃孤儿"的"权威追踪报道者"，她已经好一阵子没有更新柳嘉的"悲惨内幕消息"了。以至于其他无所事事、热衷八卦的邻居们，对她的懈怠颇有微词。

这阵子柳嘉好像特别乖。自从他的妈妈转院之后，柳嘉仿若脱胎换骨一般，不仅上学比过去积极了许多，据说还加

入了学校足球社。每天放学后颠着球回来，一副兴致昂然的样子。

六岁那年，他的父亲柳真夜因突发海难离世，其后母亲崔如意思念成疾，直至住院。小柳嘉整日里愁云惨雾，很少和身边的人交流，更别说交朋友。最近不知为何，却是开朗了不少。

小孩子容易转性，可能习惯了新生活，也就慢慢忘记父母了吧……许老太忧愁地叹了口气，在附近的公益长椅上坐下来，揉了揉一直安静趴在旁边陪伴主人的柯基犬"威士忌"的头。

而此时，在109室的客厅里——人们口中的"可怜孩子"柳嘉，正一脸无奈地斜躺在沙发上，挤在一堆脏衣服、臭袜子、散乱零食袋中间，默默无语地看着梁凤霞舅妈像冲天炮一样满屋子横冲直撞，寻找神秘失踪的手机和钱包。

"妈——我的鞋在哪？！鞋底会发光的那双！"崔牛牛满嘴糖霜，托着半块没吃完的蛋糕，光着一只脚踩在鞋柜旁边吃边喊。

"鞋柜右边第三格！"梁凤霞舅妈话音还没落下，就像一只没头苍蝇般撞在衣服换到一半的崔启明舅舅身上。

"唉哟！"舅舅倒地痛得直哆嗦，"老婆——我的袜子呢？"

"不就在沙发上吗？"梁凤霞舅妈烦躁地从地上爬起来，"藤达乐园的开幕式快赶不及了！动作麻溜点儿！VR（虚拟现实）实景的票，两百多一张呢！"

柳嘉侧过头假装没听见，却发现崔牛牛打开了左边的鞋

柜，正困惑地抓着光溜溜的脑袋："妈——右边没有——"

柳嘉扑哧笑出声来，崔牛牛阴恻恻地斜睨了他一眼。

一刻钟后，崔启明舅舅一家终于启动了小汽车，离开了。

柳嘉气呼呼地瞪着像台风过境般乱糟糟的客厅。

出去玩这种好事，从来都和他没关系。看家和打扫卫生，倒像是成了他理所应当要做的事情！

哼！看来，这个周末，他又只能一个人在家度过了。

柳嘉沮丧地倒在沙发上叹气。

《超能小英雄》是他期待了好久的VR实景电影！明天去学校，同学们一定会讨论电影的剧情，可是他却什么都不知道……想起崔牛牛离开时得意洋洋的表情，柳嘉怒吼一声，在沙发上用力乱蹬着腿，仿佛崔牛牛的头就在半空中似的。

这时，一个机械的声音突然传进了柳嘉的耳朵里。

"滴滴——检测到预备狩梦人八爪者，精神能量失衡——启动狩梦人精神安抚模式。"

柳嘉纳闷地抬起手腕上的乾坤手环，惊讶地发现表盘上涌现出两个圆溜溜的蓝色光团。

"……谁在说话？"柳嘉不太确定。

蓝色光团闪烁了两下，突然弯成两道月牙，看上去像一双笑眯眯的眼睛。

"周末愉快，八爪者。很高兴与您通话。"乾坤手环里传出了一个泉水般清澈的声音。

"戚梦萦？怎么是你？"柳嘉的眼睛一下子亮了起来。

"我是幻影-27。现已开启音质模拟——智火者模式。"乾坤手环里的声音说。

"我猜也是。"柳嘉灰心丧气地跌回到沙发上，嘴巴噘得可以挂雨伞——虽然这个声音像极了戚梦萦，不过的确不可能是她。

自从完成第一次狩梦人的任务后，戚梦萦便每天忙得像停不下来的陀螺——她对执行任务的过程相当不满意，于是从博古医生那里借了一大堆关于"精神领域研究"的书，一有空就坐下来翻阅。上课和写家庭作业，只不过是她一天中的"开胃菜"而已。

"请问您有什么需要吗？"幻影-27打断了柳嘉的思绪，"狩梦人精神安抚模式，为您提供一切必要服务，助您享受愉快假期。"

"比如帮我洗衣做饭、打扫房间吗？"柳嘉郁闷地调侃。

"乐意效劳。"幻影-27回答，"锁定坐标——花木苑小区6栋109室——连接全智能中枢——建立驱动系统——系统启动。"

柳嘉茫然地听着幻影-27念出一大串他无法理解的语句。忽然，家中原本关闭的各种机器自动运转了起来，柳嘉惊讶得目瞪口呆。

曾经被崔牛牛弄坏了的扫地机器人，又嗡嗡地清扫起地面来，楼下的洗衣机、厨房里的洗碗机一起轰轰作响。音响自动打开了，播放起柳嘉最喜欢的音乐《云中的迷宫》。接着，厨房里飘出来一缕香气。柳嘉走过去，发现梁凤霞舅妈塞在

烤箱里还没做好的饼干，竟然被自动烹饪好了，柳嘉尝了一块，味道真不错！

十分钟后，两位自称是"幻影女士雇佣"的钟点工敲响了柳嘉家的门，她们迅速将屋子里乱扔的东西清理得干净整洁。趁钟点工在清理崔牛牛卧室里的垃圾时，柳嘉偷溜了进去。意外发现牛牛书桌上摊开着一本脏兮兮的作文本，一堆像蝌蚪一样歪歪扭扭的文字，凑出了一篇干巴巴的作文——《我心中的超级英雄：崇阳学校校长吴礼弘先生》。

"马屁精。"柳嘉捏着作文本的一个角，满脸嫌弃地合上了本子。他严重怀疑刚才页面上那一团墨绿色、黏糊糊的东西，是崔牛牛掉在上面的鼻屎。然而正当柳嘉转身准备离开，他的眼睛一亮。重新翻开作文本，在上面涂涂改改了几句话，大功告成后，他的脸上浮现出一个得意的坏笑。

"崔牛牛，是时候让你也尝尝苦头了。"


半小时后，清洁完毕，钟点工阿姨签字离开。

屋子里的各种机器也都停止了轰鸣。柳嘉神清气爽地坐在焕然一新的客厅里，左顾右盼地感受着久违的清爽和舒心。

"幻影-27，你真棒！"柳嘉靠在沙发上，仰着头得意地大叫，这些活要是他自己干，估计三天都干不完吧——突然，柳嘉脑海里蹦出一个新主意，"幻影-27，我可以在家看电影吗？"

"乐意效劳。"

柳嘉兴奋地跑回地下室，飞快换上自己最帅气的浅蓝色

西装外套，搭配妈妈最喜欢的红色云纹领结——镜子里的他，看上去就像一个温润儒雅的绅士，不过好像还缺了点什么……柳嘉急哄哄在舅妈的化妆台前，喷了满满一头的发胶，梳了一个亮晶晶的大背头。

"造型炫酷！"柳嘉冲镜子里帅气的自己竖起大拇指。接着，他回到客厅，按照提示，摘下乾坤手环，置放在茶几上。

然后去厨房，端起一杯咖啡机自动沏好的卡布奇诺，用妈妈曾经教导过的最优雅姿势坐在了沙发上。

"准备好了吗？"幻影-27问。

"状态绝佳。"柳嘉眨了眨左眼。

这时，沙发对面的白墙上浮现出一个宽大的虚拟电影屏幕。

几秒钟后，穿着精致小礼服的戚梦萦、正四仰八叉躺着睡觉的易天爵，以及正在玩一个奇怪游戏机的罗西，出现在了柳嘉身边的沙发上——虽然这只是幻影-27生成的全息投影——但当他看见戚梦萦淡定从容的脸庞，还是紧张得心都快从嗓子眼里跳出来了。至于易天爵和罗西——让他们继续干自己的事情吧。

随着电动窗帘轻轻合拢，客厅灯光暗淡下来。很快，虚拟电影屏幕上，开始播放《超能小英雄》电影片头。

柳嘉抿了一口咖啡，看着自己和AR（增强现实）戚梦萦、易天爵以及罗西在玻璃柜上的倒影，得意地抬了抬眉毛。

"这就是大人的感觉——"

电影内容比想象中更精彩。

柳嘉目眩神迷逐渐沉迷到剧情中，不知不觉吃了足足五大包零食，喝了三罐柳橙汁，最后无比满足地抱着肚子瘫倒在沙发上，墙上的虚拟电影屏幕开始播放长长的 Staff（职员）清单，画面渐渐和戚梦萦、罗西、易天爵的立体影像一起消失在空气中。音箱里重新回放起了《云中的迷宫》。

"幻影-27，你酷毙了！"

"承蒙夸奖，不过确实如此。"幻影-27故作谦虚地回答，表盘上的蓝眼睛再次弯成两个月牙。

"对了，能问你一个问题吗？"柳嘉趴在沙发上，好奇而又略带严肃地看着乾坤手环。

"请问，八爪者先生。"幻影-27回答。

"我可以——多了解一些我爸爸柳真夜的信息吗？"柳嘉急促地问。

"等待授权，需耗时 5 秒——嘀嘀！"幻影-27回答。

很快，乾坤手环弹射出一个浮空的蓝色电子影像，上面显示着柳真夜的正装照片和一些基本信息。

柳嘉用手指点了一下电子影像上"成就"那一栏信息，影像里出现了一枚刻着"星月海鸥"的徽章。

"这是什么？"柳嘉好奇地问。

"授权不足，无法解锁。"幻影-27说，模拟出博古医生的声音。

"什么意思？"柳嘉困惑地皱起了眉头。

"您当前只能看到，预备级狩梦人能够享有的情报信息。"幻影-27用博古医生的声音耐心解释，"狩梦人等级提高，

柳真夜

男 43岁
龙巢基地梦域
探险队A级狩梦人

已知梦域龄：197岁
梦域智识级别：双学士级
综合魂战指数：SP147
已获最高成就：永暮之光
现状：受困S级梦境灾难
濒临死亡

得到的情报资料和待遇就会越高。"

"那我要等到什么时候，才能去救我爸爸？"柳嘉焦急地问。

"预备役狩梦人只能挑战E级梦域碎片。成为A级狩梦人后，即可解锁S级梦域碎片的挑战资格。"

投影转换，画面上出现了一个乾坤手环的显示屏，在屏幕中央有一红一蓝两个柱状的竖条。

"红色代表狩梦人生命体征，蓝色代表精神能量。"幻影-27说，"当生命体征和精神能量的数值达标，您就能升级为E级狩梦人。"

"要怎样才能让两个数值达标？"柳嘉追问。

"每一次执行狩梦人任务，系统将自动为您评判打分。分数作为数值，将会累计增加。"

柳嘉郁闷地耸耸肩膀——没想到连狩梦人都免不了要考试和计分。

"最后还有一件事。"柳嘉可怜巴巴地叹了口气，"幻影-27，我想多花一点时间研究狩梦人的信息……所以，你能帮我写作业吗？"

"拒绝。"幻影-27语气生硬地说，屏幕上出现两把大

红叉，"龙巢基地伦理审查委员会、人工智能法规，均有明文规定，机械生命体不可以帮学生写作业，否则会被注销。"

"另外，认真学习，更有助于您成为优秀狩梦人。"

柳嘉还想追问，乾坤手环上的蓝眼睛却突然隐去了，变成了普通的电子屏幕。

这家伙溜得还真快——柳嘉无奈地撇了撇嘴巴。他的脑海里，忽然像安装了一对立体声音响，自动播放起刚才视听的《超能小英雄》电影主题曲来。

如果从小不爱写作业，长大也许会一直熬夜——我爱我行我素，我更要与世界遇见！我要化身闪电！我要捅破黑夜！我要和困难说再见——哈路威！哈路威！

随着像神经质般摇摆的节奏，柳嘉跳上沙发手舞足蹈，呐喊发泄。

"哦哦！超能小英雄，可不能过一天算一天！"

而这时，桌子上的乾坤手环却再次鸣叫起来，上面淡淡浮现出一条来自易天爵的短信："大话精！写完作业了吗？"

柳嘉郁闷地一头栽倒在了沙发上。

—— 彩蛋幕 结束 ——

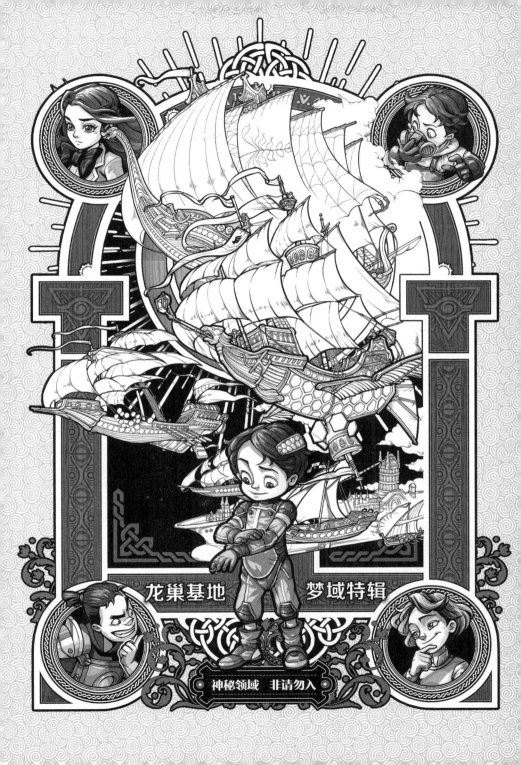

# 新生狩梦人试炼
# 智慧与力量的挑战！

各位，欢迎来到第二代狩梦人的试炼。
相信你已经了解，为了解救被困在**梦魇灾难**中的受害者，守护世界的和平，狩梦人将面临种种困难和危险。

狩梦人要拥有**勇气**、**智慧**、**意志力**。
狩梦人要**面对自我，战胜自我**。
发现世界的真相后，更深沉地热爱它。

**提示：**

一路上你会经历前辈们的考验和帮助，尽快找到正确答案后，就会获得他们颁发的学分。

将这些学分累计，就能得到你的狩梦人试炼成绩了。祝你好运！

### 快问快答，挑战开始！

请在以下谜题的右侧按实际情况结算分数，答错不计分：（答案在 216 页）

**第 1 题** 柳嘉被困在星夜海鸥号餐厅里，只有找到"海鸥衔着的星星"才能脱困。返回第 8 页你知道是哪个吗？　　　　　（5 分）

**第 2 题** 星海月蚀台上柳嘉要点亮的"八德"包括"忠"吗？　　　　　（5 分）

**第 3 题** 罗西说能在一秒内，将冰变成水，是真的吗？　　　　　（4 分）

**第 4 题** 胡萝卜人恭维费思说"世界上最大的动物是象"，他说的对吗？　　　　　（4 分）

**计分规则：**
没看提示，用时 30 秒内 +3 分　　看了提示后答对 +1 分
没看提示，用时 1 分钟内 +2 分　　没有答对 +0 分

**初始得分：**
（0-18分）

# 面对自己！勇士的十字迷宫！

最难缠的敌人往往是自己，在陷入绝境时，能让你爆发潜能，变得无比强大的，也是自己。所以，更好地认清和发现自我，是成为狩梦人重要的一步！

### 我的缺点
写下你觉得还可以改进之处：
➡外貌

➡性格

➡技能

### 我的优点
写下你觉得满意之处：
➡外貌

➡性格

➡技能

### 狩梦人
描绘一下你理想中最优秀的狩梦人：
➡外貌

➡性格

➡技能

### 梦魇之主
形容制造梦魇灾难的罪魁祸首：
➡外貌

➡性格

➡技能

很好，你已经坦诚写下你的答案。现在试着按每个关键词，从梦魇之主逆时针读取一遍。评估下离成为狩梦人还有多远距离。

挑战第1关：
（0-18分）

| 20% | 40% | 60% | 80% | 100% |
|---|---|---|---|---|

➡ **外貌**关键词读取程度

| 20% | 40% | 60% | 80% | 100% |
|---|---|---|---|---|

➡ **性格**关键词读取程度

| 20% | 40% | 60% | 80% | 100% |
|---|---|---|---|---|

➡ **技能**关键词读取程度

**外貌**关键词读取程度____（5分）
可以模仿的对象_____（1分）

**性格**关键词读取程度____（5分）
可以模仿的对象_____（1分）

**技能**关键词读取程度____（5分）
可以模仿的对象_____（1分）

# 坚定的心！

拥有英雄一般
追寻理想的决心！

◎难度系数：★★★

**新的挑战！**

## 谜题1：饱含寓意的大门

戚梦来将你带到试炼的门口："孩子，打开这扇暗藏希腊神话英雄名字的大门，试炼就会开始。希望你能明白，将面对怎样的旅途。"你能找到英雄的名字吗？

➡ **提示：**

这位拥有四字的英雄，
毕生向往着飞行。

伊卡洛斯。

➡ **答案：**

# 挑战自己！
# 勇士的飞翔之心！

从古至今，人类就羡慕鸟类在天空自由自在飞翔，对于飞行的探索就没有停止过。

## 试试用手边的纸片，成为飞行大师吧！

不要小看我们身边小小的纸片，它可创造了不少纪录！已知的纸飞机最远可以飞过68米，更有人能让纸飞机在空中停滞超过29秒！我们一起挑战可以飞行68米的纸飞机！

**❶**
拿出一张 A4 大小的纸片，折出一个交叉痕迹。一定要折叠准确，不然会影响飞机稳定性。

**❷**
用长边对齐折叠线，两边同样折法。折叠准确的话，圆圈所示位置会恰好在折线上。

**❸**
将折纸翻转过来，可以看到背面交叉点，再将折纸翻到正面。以交叉点为中心点，向下折纸。注意图示几个对称点。

155°

**❹** 折出中线折痕，再将左右两边向折线折叠。

**❺** 将图中部分折上去，并压实。

粘住

## 你都使用过哪些飞行工具？（10分）

☐纸飞机　　☐竹蜻蜓
☐气球　　　☐风筝
☐热气球　　☐滑翔翼
☐飞机　　　☐火箭
☐宇宙飞船
☐其他 _____

## 看你都知道哪些飞行小趣闻？（3分）

**☐为什么飞机大多是白色？**

因为白色能反射光的所有波段，光能不会转换成热能，更安全！

**☐为什么飞机窗户不是方形？**

在高空飞行中，舱内往往会增压保持舒适度。方形窗户拐角更多，相对于各个方向结构相同的圆形，承受高压时稳定性略差。

**☐热气球的第一批乘客是谁？**

发明热气球的蒙戈菲尔兄弟，在正式载人实验前，将一只公鸡、一只鸭子和一头山羊放进了"客舱"。

粘住

**❻** 将斜边对准中线，折叠出机翼。并且在机翼图示位置，再折起来，就可以将飞机展开了。

记下我的纸飞机试飞记
录：_____（2分）

| 5米 | 10米 | 15米 | 20米 | 30米 |
|---|---|---|---|---|

→ 我的小飞机**飞行距离**

**挑战第2关**
（0-20分）

# 细致的眼！
## 即使面临苦难 也能发现解决之道！

◎难度系数：★★★

## 新的挑战！

# 谜题2：神秘书店的门锁

试炼中你进入了柳嘉学长设置的思维困境，你只有打开这扇书店的门才能通过。门上的天平锁在平衡状态下才能打开。你该怎么做？

咦？

门上的天平锁

→ 提示：

门上的旋钮是脱离困境的关键。

于 10。

将 9 转成另一个 6，这样天平左右两边的数字加起来相等

→ 答案：

# 挑战自己！勇士的数独魔方

从原始人用绳结数数起，数字就伴随人类的文明发展史至今。中国早在甲骨文时期，就有了数字，他们长的是下面的模样。

**数字排列小游戏，快来试试看！**

初始挑战：试试九宫格（5分）

| | 1 | | | | | | 4 | |
|---|---|---|---|---|---|---|---|---|
| | 9 | | | | 2 | | | |
| | 3 | | | | | | | 6 |
| | | 2 | | 3 | | 9 | | |
| 3 | | | 7 | 8 | 5 | | | |
| | 6 | 8 | 2 | | 9 | 5 | 3 | |
| | 7 | 3 | 6 | | 2 | 1 | 5 | |
| | | | 4 | 1 | 3 | | | |
| | | 4 | | | 7 | | 6 | |

| | | | 3 | | | 1 | | |
|---|---|---|---|---|---|---|---|---|
| 9 | | | | 1 | 6 | | 5 | |
| 6 | 8 | | | 7 | | | | |
| | | | | 2 | | | 6 | 7 |
| | 2 | | 7 | 4 | | | | 8 |
| | | 4 | | | 5 | | | |
| | | | | | | | 1 | 9 |
| 7 | | | | 8 | | | | 2 |
| | | | 3 | 4 | | | | |

进阶挑战：数独魔方！

（10分）

挑战第3关
（□=20分）

**小知识**

## 阿拉伯数字是谁发明的？

现在使用最广泛的阿拉伯数字，其实是古印度人发明的。数字从古印度传入古阿拉伯，再传入欧洲将其现代化。正因阿拉伯人的传播，成为该种数字最终被国际通用的关键节点，所以人们称其为"阿拉伯数字"。

祁莲秘书的考验（5分）

# 龙的幻化！
## 如黑龙般无尽的想象力！

◎难度系数：★★★

## 谜题3：圣诞树上的密码

走廊尽头是一座金灿灿的电梯，可电梯按钮怪怪的！好心的柳嘉学长提醒你："留意那棵圣诞树，去6楼的按钮就隐藏其中。"你知道电梯的密码吗？

梦域空间

→ 提示：

留意那些图形，
祁莲秘书说的每句话都是很关键的。

按上圣诞树叶子上数目第6的按钮即可。

→ 答案：

# 挑战自己！勇士的记忆游戏！

狩梦任务除了要有细致的观察力，想象力也是破解谜题的关键一环。

## 要怎么提升想象力呢？

❶ 将知识体系化——提高记忆力。

❷ 将概念图形化——提高理解能力。利用想象力将抽象的概念形象化。

❸ 人格代入——提高共情能力。利用想象力让你更容易代入他人的角色。

那么今天我们就从最基础的记忆力训练开始。

### 记忆大师的初级训练（5分）

仔细观察左图 30 秒，然后试着遮挡住图片回答下列问题。

☐ 电梯旁边有几个按钮？　　☐ 墙上画框里画了什么？

☐ 有几个灯泡？　　☐ 电梯服务员是男生还是女生？

☐ 电梯入口地面花纹是什么形状？

### 记忆大师的进阶训练"你问我答"，一起玩的记忆力游戏！

❶ 找上 2-3 名想要跟你游戏的小伙伴。

❷ 大家各自拿出随手可得的 10 件小物品。

❸ 将这些小物品打乱后，各自取走 10 件。

❹ 然后开始提问吧。问题可以类似这样：最大的物品在谁手中？ 谁拿了黑色的物品？ 谁拿了可以吃的东西？（小提示：物品的颜色、形状、功能、气味等等，都可以是提问的关键。）

❺ 回答正确的人，可要求物品持有人将物品出局。最早没有手中物品的人，就最先淘汰哦。

出局者的物品可以随机打乱，分配给还在游戏中的人，直到出现最终的胜利者。

### 你是否获得了最终胜利？

☐ 是（5分）　☐ 中途淘汰（3分）

☐ 最先出局（0分）

你是否总结出了记忆物品的一些小窍门？

**窍门1：**

**窍门2：**

挑战第4关：
（0~15分）

博古医生的考验（5分）

# 鹿的智慧！
## 像麋鹿一样透彻的分析力！

◎难度系数：★★★

## 谜题4：即将到达的终点

博古医生站在楼梯转角，显然已经等候多时："即将到达终点的你，我有最后的问题想问你，什么东西越多，你能看见的越少？什么东西能充满屋子却不占任何空间？"

→ 提示：

善于思考，是人生的巨大财富。
道路或许充满坎坷。
记住世上最有价值的东西，都是免费的。

答案是：黑暗的晚境，光和声的光线。

→ 答案：

# 考验自己！
# 勇士的意志力勋章！

古人云："行百里者半九十。"由此可见越接近成功越困难，越要考验人的意志力。所以博古医生才会在这个关键时刻，用"光与暗"的谜语，来提示和鼓励大家。

## 试试测验你的意志力级别！

列举出今天你要完成的 3 件小事，测验看看吧！（3分）

|  | 目标1（　　） | 目标2（　　） | 目标3（　　） |  |
|---|---|---|---|---|
| 6级（放弃） |  |  |  | （1天） |
| 5级（忍耐边缘） |  |  |  | （8小时） |
| 4级（强烈焦虑） |  |  |  | （3小时） |
| 3级（能承受） |  |  |  | （1小时） |
| 2级（适应） |  |  |  | （30分钟） |
| 1级（非常轻松） |  |  |  | （10分钟） |

## 来一次意志力挑战吧！

找出 1 件你想用 1 周完成的事情，把他记录下来吧！（7分）

|  | 第一天 | 第二天 | 第三天 | 第四天 | 第五天 | 第六天 | 第七天 |  |
|---|---|---|---|---|---|---|---|---|
| 6级（放弃） |  |  |  |  |  |  |  | （1天） |
| 5级（忍耐边缘） |  |  |  |  |  |  |  | （8小时） |
| 4级（强烈焦虑） |  |  |  |  |  |  |  | （3小时） |
| 3级（能承受） |  |  |  |  |  |  |  | （1小时） |
| 2级（适应） |  |  |  |  |  |  |  | （30分钟） |
| 1级（非常轻松） |  |  |  |  |  |  |  | （10分钟） |

**最终成果：** □完成　　□放弃　　　　让你坚持 / 放弃的原因：

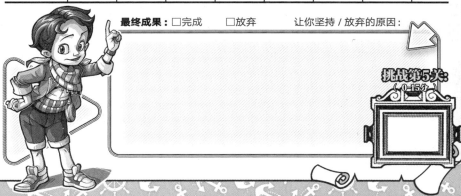

挑战第5关：
（0~15分）

# 狩梦人试炼登记表

## 设计出你的狩梦人标志吧！

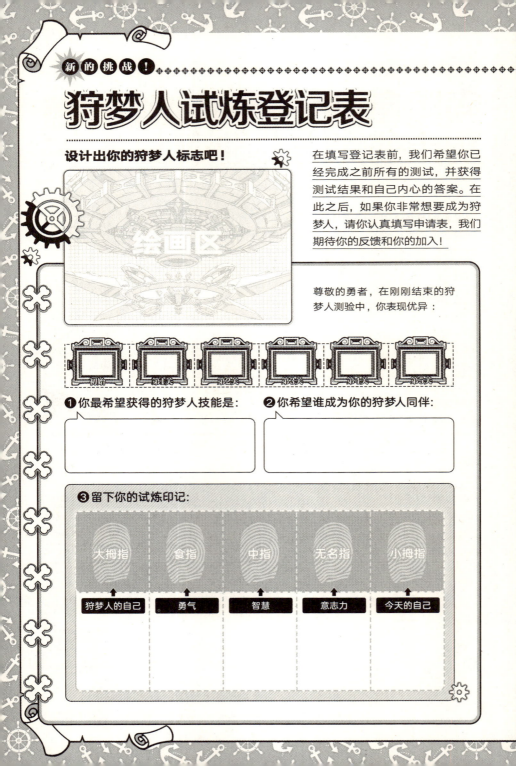

绘画区

在填写登记表前，我们希望你已经完成之前所有的测试，并获得测试结果和自己内心的答案。在此之后，如果你非常想要成为狩梦人，请你认真填写申请表，我们期待你的反馈和你的加入！

尊敬的勇者，在刚刚结束的狩梦人测验中，你表现优异：

| 初始 | 第1天 | 第2天 | 第3天 | 第4天 | 第5天 |
|------|-------|-------|-------|-------|-------|
|      |       |       |       |       |       |

❶ 你最希望获得的狩梦人技能是：

❷ 你希望谁成为你的狩梦人同伴：

❸ 留下你的试炼印记：

| 大拇指 | 食指 | 中指 | 无名指 | 小拇指 |
|--------|------|------|--------|--------|
| 狩梦人的自己 | 勇气 | 智慧 | 意志力 | 今天的自己 |

# 狩梦属性鉴定问卷

在开始你的梦境冒险前，我们建议先了解你的狩梦能力属性，并在未来循序渐进地学习掌控它，只有如此，才有可能在未来成为出色的狩梦人！

※ 总分为 0~53 分的同学从第 1 题开始，
　 总分为 54~106 分的同学从第 3 题开始。

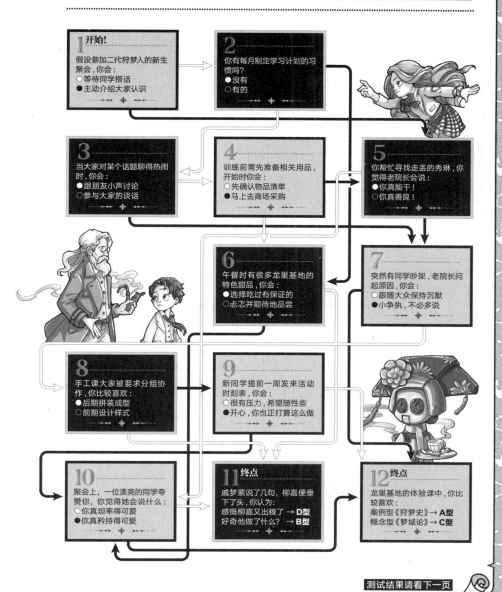

**1 开始!**
假设参加二代狩梦人的新生聚会，你会：
○ 等待同学搭话
● 主动介绍大家认识

**2**
你有每月制定学习计划的习惯吗？
● 没有
○ 有的

**3**
当大家对某个话题聊得热闹时，你会：
● 跟朋友小声讨论
○ 参与大家的谈话

**4**
训练前需先准备相关用品，开始时你会：
○ 先确认物品清单
● 马上去商场采购

**5**
你帮忙寻找走丢的秀琳，你觉得老院长会说：
● 你真能干！
○ 你真善良！

**6**
午餐时有很多龙巢基地的特色甜品，你会：
● 选择吃过有保证的
○ 忐忑并期待地品尝

**7**
突然有同学吵架，老院长问起原因，你会：
○ 跟随大众保持沉默
● 小争执，不必多说

**8**
手工课大家被要求分组协作，你比较喜欢：
● 后期拼装成型
○ 前期设计样式

**9**
新同学提前一周发来活动时刻表，你会：
○ 很有压力，希望随性些
● 开心，你也正打算这么做

**10**
聚会上，一位漂亮的同学夸赞你，你觉得她会说什么：
○ 你真坦率得可爱
● 你真矜持得可爱

**11 终点**
戚梦萦说了几句，柳嘉便垂下了头，你认为：
感慨柳嘉又出糗了 → **D型**
好奇他做了什么？ → **B型**

**12 终点**
龙巢基地的体验课中，你比较喜欢：
案例型《狩梦史》→ **A型**
概念型《梦域论》→ **C型**

测试结果请看下一页

# 狩梦人属性鉴定问卷

在开始你的梦境冒险前，我们建议先了解你的狩梦能力属性，并在未来循序渐进地学习，掌控它，只有如此，才有可能在未来成为出色的狩梦人！请对照你的选择，进一步了解潜在的自己吧！

**狩梦属性倾向：**
## 八爪者

**代表角色：聪颖、果决的柳嘉**

他们不是最显眼的人，却是最会保护人的英雄。聪明、顽强，能专注、高效地处理事务，并且乐在其中。

**狩梦属性倾向：**
## 智火者

**代表角色：智慧、严谨的戚梦萦**

他们自律、严肃，虽给人疏离感，却能全心投入喜欢的领域学习，意志坚定，行事讲求逻辑，拥有被人信赖的气质。

**狩梦属性倾向：**
## 雪狼者

**代表角色：自由、探究的罗西**

桀骜不驯的他们是天生的冒险家，喜欢挑战新鲜事物，有强烈的求知欲，兼具灵活与富有策略思维的头脑。

**狩梦属性倾向：**
## 戏猴者

**代表角色：安定、忠诚的易天爵**

他们能在关键时刻化解危机。在细节事务上相对耐心，忠诚、有责任感、甘愿付出，认准目标便努力实现。

**"快问快答"答案：**

**第1题** 如图所示。（请翻到第8页）

**第2题** 是。"八德"包括"孝、悌、忠、信、礼、义、廉、耻"。

**第3题** 是。罗西说的是脑筋急转弯，你只要将"冰"字偏旁用手遮住，就成了"水"了。

**第4题** 错。象是陆地上最大的动物，世界上最大的动物是蓝鲸。

**"数独魔方"答案：**

| 2 | 1 | 5 | 8 | 6 | 7 | 3 | 4 | 9 |
|---|---|---|---|---|---|---|---|---|
| 6 | 8 | 9 | 3 | 5 | 4 | 2 | 1 | 7 |
| 4 | 3 | 7 | 9 | 2 | 1 | 8 | 6 | 5 |
| 5 | 4 | 2 | 1 | 3 | 6 | 9 | 7 | 8 |
| 3 | 9 | 1 | 7 | 8 | 5 | 4 | 2 | 6 |
| 7 | 6 | 8 | 2 | 4 | 9 | 5 | 3 | 1 |
| 8 | 7 | 3 | 4 | 1 | 2 | 6 | 5 | 4 |
| 9 | 5 | 6 | 4 | 7 | 3 | 7 | 8 | 2 |
| 1 | 2 | 4 | 5 | 7 | 8 | 6 | 9 | 3 |

| 5 | 4 | 7 | 3 | 9 | 2 | 1 | 8 | 6 |
|---|---|---|---|---|---|---|---|---|
| 9 | 3 | 2 | 1 | 6 | 8 | 5 | 7 | 4 |
| 6 | 8 | 1 | 5 | 7 | 4 | 3 | 2 | 9 |
| 3 | 5 | 9 | 1 | 2 | 8 | 4 | 6 | 7 |
| 1 | 2 | 6 | 7 | 4 | 9 | 5 | 3 | 8 |
| 8 | 7 | 4 | 6 | 3 | 5 | 9 | 2 | 1 |
| 4 | 6 | 8 | 2 | 5 | 1 | 7 | 9 | 3 |
| 7 | 1 | 5 | 9 | 8 | 3 | 6 | 4 | 2 |
| 2 | 9 | 3 | 4 | 6 | 7 | 8 | 1 | 5 |

# 幽伶花园大考问!

柳嘉一行人终于逃出了恐怖又奇妙的幽伶花园!
虽然这是在梦境,但是你想知道更多花园里的故事吗?
快来看看吧!

## 横向➡

1.俗称"金不换"的珍贵药材。

2.花朵们的"跑腿小弟",甘愿做配角。

3.由一只巴西金刚鹦鹉主演的动画电影。

4.最漂亮的花,晚上的香气特别浓郁。

5.花朵们喜欢追的古装剧,讲述一对神仙的师徒恋。

6.身在梦境碎片的花朵们和侯爵一样,最害怕的人是谁?

7.是花园里数目最多的花,也叫蝎子菊。

8.他们既是树,又是花园里的面点师傅。

9.这群小虫子和全球著名的英国乐队同名。

10.柳嘉的老师,他的姓氏是花朵们最爱的季节之一。

11.用花朵来形容一件事虚无缥缈。

12.追捕柳嘉的食肉植物,有着一张阴森的老婆婆脸。

## 纵向⬇

A.形容菊花盛开的诗句,曾被拍成电影。

B.用来形容树木的高大挺拔,尤其是幽伶花园里的树。

C.柳嘉父亲等人乘坐的探险飞船的名字。

D.一种捉摸不定的植物,冬天和夏天两个模样。

E.有名气的花,因为一首歌而街知巷闻。

F.世界上所有人都会做梦,该如何知道梦的寓意呢?

G.园内所有的花都可以统称为什么?

H.是世界上最大的花的统称。

I.古诗词,上半句是"忽如一夜春风来"。

J.园中声音甜腻的胖妇人是什么花?

答案请扫描封面二维码

# 《梦域空间》创作者名单

◎索飞澜工作室◎

制 作 人 .......................................... 雷 铸

绘 制

彩色绘制 .......................................... 林 勃

原画绘制 .......................................... { 楼奕东 / 叶俊人 / 雷 铸 }

包装设计

美术设计 .......................................... 雷 鸿

印 务 .......................................... 刘厚松

图片制作 .......................................... { 李文耀 / 陆琲卿 / 谭天晓 }

策划统筹 .......................................... 谢 燕

文案助理 .......................................... { 王诗慧 / 倪 玥 }

特别感谢 .......................................... { 李晓露 / 刘娇龙 / 赵思颖 / 周莎莎 }

梦域空间与龙巢基地的狩梦试炼

| 产品经理 | 刘树东 | 营销经理 | 林　芹 |
| | 陈佳敏 | | 滑麒义 |
| 技术编辑 | 顾逸飞 | 执行印制 | 刘世乐 |
| 监　制 | 何　娜 | 出品人 | 王　誉 |

**图书在版编目（CIP）数据**

梦域空间与龙巢基地的狩梦试炼 / 琴月著 ；索飞澜
绘. — 昆明：晨光出版社，2022.1
ISBN 978-7-5715-1338-2

Ⅰ．①梦… Ⅱ．①琴… ②索… Ⅲ．①幻想小说–中
国–当代 Ⅳ．①I247.5

中国版本图书馆CIP数据核字（2021）第237333号

**梦域空间与龙巢基地的狩梦试炼**
琴月 著　　索飞澜 绘

| | |
|---|---|
| 出 版 人 | 杨旭恒 |
| 责任编辑 | 贾　凌　廖　慧　朱凤娟 |
| 特约编辑 | 刘树东　陈佳敏 |
| 插　　画 | 索飞澜 |
| 装帧设计 | 蛙圃文化 |
| 责任校对 | 杨小彤 |
| 责任印制 | 廖颖坤 |
| 出版发行 | 云南出版集团　晨光出版社 |
| 地　　址 | 昆明市环城西路609号新闻出版大楼 |
| 邮　　编 | 650034 |
| 电　　话 | 0871-64186745（发行部） |
| | 0871-64178927（互联网营销部） |
| 法律顾问 | 云南上首律师事务所　杜晓秋 |
| 印　　装 | 北京世纪恒宇印刷有限公司 |
| 经　　销 | 果麦文化传媒股份有限公司 |
| 版　　次 | 2022年1月第1版 |
| 印　　次 | 2022年1月第1次印刷 |
| 书　　号 | ISBN 978-7-5715-1338-2 |
| 开　　本 | 880mm×1230mm　1/32 |
| 印　　张 | 7 |
| 字　　数 | 150千 |
| 定　　价 | 39.80元 |

如发现印装质量问题，影响阅读，请联系 021-64386496 调换。